Sven Recker

Fake Metal Jacket

Roman

Edition Nautilus

Edition Nautilus GmbH
Schützenstraße 49 a · D - 22761 Hamburg
www.edition-nautilus.de

Originalveröffentlichung · Erstausgabe März 2018
Umschlaggestaltung: Maja Bechert, www.majabechert.de
Druck und Bindung: Beltz Bad Langensalza
1. Auflage · ISBN 978-3-96054-066-3

Sieh Dir die offene Wunde genau an,
und du kannst die Vergangenheit lesen,
schau noch genauer hin
und du siehst die Zukunft.
Stanley Greene

EINS

Als alles noch vor ihm lag und Larsen von dem Leben, das er mal führen wollte, noch träumte, kam nur das Gute für ihn infrage, sonst nichts. Peter, sagte seine Mutter, du kannst gut mit Menschen. Und du erzählst gerne Geschichten. Beides war falsch. Larsen saugte die Projektion dennoch dankbar auf.
Musste ja weitergehen, so wie es auch mit Larsen immer weiterging auf seinem Weg nach oben oder was so einer wie er eben unter oben versteht. Er kam dort an, dann stürzte er ab oder stieg noch weiter auf, je nachdem, von wo aus man die Sache betrachtet. Larsen war ein gewöhnliches Kind.
Braune Haare, braune Augen, nicht dick, nicht dünn, nicht groß, nicht klein, in allem mittelmäßig begabt, guter Durchschnitt, aber seit jeher mit einem Talent zum Blenden gesegnet, das ihn weit bringen sollte.

1

Lauf Larsen, lauf! Mehr Angst, Larsen lauf, zieh den Kopf ein, lauf, es sterben Menschen, echte Menschen, renn Larsen, es geht um das Leben. Einschusslöcher, Nahaufnahme, Zoom, Larsen, bieg um die Ecke, es muss knallen, es knallt, Larsen, stolpere, ja, stolpern ist gut, Blut, wo ist das Blut?, es muss doch bluten, Schussweste, Larsen, du hast die Schussweste vergessen, oh Mann, so wird das doch nichts, bleib stehen, Larsen, sag mal was, außer Atem, genau, sag: es ist Krieg, schnauf den Namen der Stadt, aber nur kurz, klemm den Kopf zwischen die Schultern und jetzt rein in die Ruine, in der Ecke eine Matratze zwischen Geröll, in die Ecke kauern, wirrer Blick, Larsen, so ist es gut. Larsen, runde Brillengläser, die Bügel mit Pflaster notdürftig geklebt, ein gutes Detail, macht glaubwürdig wie das verdreckte Hemd, auch verschwitzt, und Ahmad, der heißt wirklich so, warum auch nicht?, Larsen heißt schließlich auch Peter, ruft: CUT!

2

Eigentlich müssten sie bald kommen. Larsen läuft durch die Straßen, schaut in die Gesichter der anderen, aufreizend, starrt, glotzt in Augen, die sich reflexartig senken.
Ihr Waschlappen!
Peter Larsen betritt den Supermarkt, frisch gewaschen, die Haare gekämmt, schwarze, dicke Brille aus Horn, gebügelte Hose, Khaki, Hemd weiß, oberster Knopf geschlossen, Larsen ist intellektuell, das wünscht er sich, aber er sieht nur so aus. Na und? Der Schein mag trügen, aber er scheint. Wenn du im Graben liegst und nicht mehr kannst, nur mal angenommen, du bist zerrissen und verwahrlost, wer hilft dir dann auf? Keiner! Klar, trägst du Anzug, Krawatte vielleicht, da kommen sie alle und reichen die Hand.
Larsen schiebt den Einkaufswagen, akkurat, stramm, beide Hände am Griff, nimmt Wein, nur den guten, Fleisch nur Filet, Rind schon lange nur noch, saufen tun sie, aber Schwein isst noch keiner. Also Hauptsache Bio, Larsen fährt zurück, hat das Gemüse vergessen, legt Fenchel in den Wagen, das hat er gelernt, Fenchel, dünn geschnitten, gesalzen, gepfeffert, in Olivenöl mariniert, Ahmad sagt, sein Onkel, der mache das so.
Peter, pass auf dich auf!, war das Letzte, was Larsen von zu Hause gehört hat. Seine Mutter weiß nichts, hat keine Ahnung, ihr Peter, denkt sie, ist in Gefahr, es tut ihm leid, aber nach der ersten Flasche am Abend dreht sich alles weiter, ist ihm alles egal. Im Rückgrat muss es zucken, dann ist es gut.
Drei Monate ist es jetzt her, da hat er Abschied gefeiert, es kamen alle: Mach es gut, Larsen! Und Larsen macht es gut, das kann man so sagen, die Kasse klingelt, der Rubel rollt, Larsen bezahlt, natürlich in bar, keine Spuren hinterlassen, geht klar und zu Hause hängt Ahmad vor dem Rechner, freut sich: Ah, food!

Morgen kommen die Neuen, wird langsam auch Zeit, vor der Tür vollgetankt der Kleinbus im Halteverbot, macht ja nix, hinter der Windschutzscheibe der Aufkleber: PRESS.

3

Das Thuraya klingelt und Larsen geht erst mal nicht ran. Er schreibt die Nummer ab, tippt eine Erinnerung ins Handy, prepaid natürlich, der Verbindungsmann schläft sicher noch. Warum ihn nicht wecken? Larsen ruft an.
Wir kommen in drei Stunden, geht alles klar?
Ja, fahrt schon mal los.
Larsen ab zum Auffanglager, Ahmad steigt aus. Larsen stellt den Rückspiegel ein, sieht seinen Bart, graue Strähnen, das macht sich ganz gut, zündet sich eine Zigarette an, die zweite schon, setzt die Sonnenbrille auf, wartet. Es dauert nicht lange, die Schiebetür hinten geht auf.
No Syrians, sagt Ahmad.
Scheiße, sagt Larsen, was dann?
Only Afghans, sagt Ahmad.
Larsen schaut in den Rückspiegel, sieht fünf Männer im Fond.
Larsen: Say allahu akbar!
Die Männer: Allahu akbar!
Geht doch!, sagt Larsen und gibt Gas.

4

Vor dem Tor des Asylantenheims zwei Demos. Eine dafür, eine dagegen, Armageddon für Anfänger. Larsen muss hupen, sonst kommt er nicht durch, die Masse teilt sich. Larsen schiebt die Mütze ins Gesicht, das Wetter ist bewölkt, im Radio sagen sie: Es lockert noch auf. Hoffentlich, denkt Larsen, sonst wird das heut nichts. Das Thuraya klingelt. Schon wieder.

Showtime!, sagt Larsen, drückt Ahmad das Satellitentelefon in die Hand.
Ahmad hält das Thuraya direkt vor den Mund, brüllt auf Arabisch, reibt das Telefon am Pullover, klopft es gegen das Armaturenbrett, brüllt wieder, dann legt er auf.
Well done, Ahmad!
Hinten lachen die Afghanen, und weil Larsen sich immer gut kümmert, soll keiner sagen, er lasse sich lumpen, fährt er beim nächsten Türken rechts ran: Simit for all!
Er kommt zurück, drei rote Tüten aus Plastik, ein Sesamring, schon angebissen, im Mund. Cola, Bananen, Wasser, Marlboros satt. Enjoy, sagt Larsen, und bevor alle essen, wird erst mal geraucht, sie stehen sowieso im Stau und wenn sie fahren, dann im zähfließenden Verkehr. Die Afghanen schauen durch die verdunkelten Scheiben des Vans. This is Hauptbahnhof, sagt Larsen, this is Fernsehturm, this is Potsdamer Platz. Larsen kennt sich ja aus, gibt den Fremdenführer, man muss den Leuten schließlich was bieten, so viel Gastfreundschaft muss schon sein.
Gemächlich schleicht der Bus aus der Stadt an Schrebergärten mit Deutschlandfahnen, an Schallschutzmauern, an Autohäusern vorbei. Auf dem Beifahrersitz schläft Ahmad Alian, geboren in Sweida, Syrien, Druse, Revoluzzer, Überlebenskünstler, Geschäftsmann, Menschenfreund, wobei die Reihenfolge nichts aussagt. Larsen, würde man ihn fragen, wer Ahmad ist, würde sagen: ein Freund.
Die Straßen werden schlechter, die Landschaft leerer, Felder, Wiesen, Hochspannungsmasten, die Afghanen auf dem Rücksitz sind eingedöst. Larsen fährt langsam, damit sich seine Schauspieler erholen.
So ist es gut, denkt Larsen, es darf uns nur keiner anhalten, sonst fliegen wir auf.
Noch fünf Kilometer, schnurgerade, dann rechts hinter dem Maisfeld geht's rein. Feldweg, Schlaglöcher. Beim Fahrtraining für Krisenregionen hat Larsen gelernt, im Notfall Gas geben,

sonst langsam in kleinen Kurven um jede Vertiefung herum. Larsen schaltet runter, lässt die Kupplung butterweich kommen, trotzdem wachen von dem sanften Geschaukel nach und nach alle auf. Nur noch das kleine Waldstück, dann sind sie da.
Mensch Jürgen, sagt Larsen, auf dich ist Verlass.
Leck mich, sagt Jürgen, es ist scheißekalt.
Jürgen nimmt die Scheine von Larsen, zwei davon grün.
In drei Stunden komm ich zurück.
Larsen legt noch was drauf: Hauptsache, du hast hier gar nichts gesehen.
Am Außenborder, wie immer, Jürgens stummer Protest. Rote Flagge, schwarzes Kreuz mit gelbem Rand. Der rote Wirmer, sagt Larsen, war doch am Ende auch nix als ein Opportunist.
Wer war Wirmer?, fragt Jürgen und macht dann mal los.

5

Die innere Ausstattung des Menschen, schrieb Larsen, damals, als er noch dachte, er sei Groß-Kommentator, ist für den weltweiten Kampf nur unzureichend geeignet. Und strich den Satz gleich wieder. Nächster Versuch: Geht Freiheit in Grenzen? Auch nix, der Cursor hüpft rückwärts. Die Taktik, schrieb Larsen, wurde im Hinterzimmer festgelegt, und war auf der Stelle mit sich und seinem Anfang versöhnt. Taktik und Hinterzimmer, das ging eigentlich immer. Taktik und Hinterzimmer. Das klingt!
Der große Larsen, der mal wieder mehr weiß als der Rest da draußen. Larsen ganz nah dran an denen da oben, mit Zutritt in die Hinterzimmer, ach was, in die Hinterhöfe der Macht, Larsen deckt auf, Larsen auf du und du mit denen da oben, aber trotzdem mit Bodenhaftung, man kann vieles vergessen, aber nie, wo man herkommt.
Larsen hat hier studiert: Schule des Lebens.
3527 Abonnenten auf Facebook.

18 Tsd. Follower bei Twitter. Larsen erklärte das Große und Ganze, die Welt, Deutschland und was alles zusammenhält, fünf Posts am Tag, mindestens, Tweets dreimal so viel. Larsen an Bord der Regierungsmaschine: 587 Likes. Larsen beim G8: 924 Likes, 596 Retweets. Larsen im Weißen Haus. Larsen, das kann man getrost so sagen, hatte Tuchfühlung, war sozusagen am Puls der Zeit, manchmal hätte man meinen können, also wenn man Larsen wäre, er wäre der Puls der Zeit, erkennbar für alle mit Anschluss in den sozialen Medien, da musste es knallen, aber so richtig, eine Sekunde nur, sein Profilbild ist seine Visitenkarte, 20, ach Quatsch, mindestens 50 Mal hat er es geändert und getestet, ob und wie die Zahl der Follower steigt. Erst hat er staatsmännisch versucht. Header-Bild: Kniefall Willy Brandt. Profilbild: Larsen im Anzug mit Brille. Dann ironisch. Header: Illustration seiner selbst als Teufel. Profilbild: Larsen in Badehose am Strand. Am Ende dann, meister Zuwachs an Followern und Freunden: Larsen groß mit Sturmhelm, natürlich steht dick und fett Presse drauf, dazu eine schusssicherer Weste am Leib, hinter ihm ausgebrannte Autos, als Profil ein Schwarz-Weiß-Bild von Larsen im Anzug, feuilletonistisch angehaucht, damit jeder kapiert: Larsen, Kriegsreporter, aber einer mit Stil.

6

Der Mythos Larsen wurde in Libyen geboren. Es war alles so einfach. Es wurde geschossen, aber schlimm war es nicht. Es gab wenig zu tun, aber wenn doch, dann ganz viel. Endlich ein historischer Ort. Das Internet kollabierte, der Strom fiel aus, mindestens zehn Mal am Tag, die Nato bombte gegen Gaddafi und im Hotel Rixos, juhuu, Journalisten als Geiseln. Ganz ehrlich, dachte Larsen am Anfang, ein bisschen Angst hab ich schon. Dann kaufte er sich für 400 Dollar eine Kiste Rioja, gab 100 Dollar Trinkgeld und alles war gut. An der Bar unten tummelten sich die Veteranen, tranken Whiskey und Gin, Larsen hatte Ahmad, den Roomboy. Und Ruhe, aber vor allem: Internet als Erster, vor allen andern sendete er die News. Seine Quelle war Ahmad, der kannte sich aus. Am Anfang hatte Larsen Bedenken, eine Quelle, reicht das wohl aus? Er schickte Berichte, er schickte Interviews, die er mit Ahmad führte und im Betreff vermerkte: Interview mit namenlosem Oppositionellen, und wenn er fertig war, rief er über das Haustelefon Ahmad, und die beiden gingen zum Strand. Sie mieteten ein Surfbrett und Ahmad sagte: Sag einfach nichts, dann erkennt dich auch keiner. In der Stadt knallte es, aber das war die Stadt. Und während die Welt dachte, Tripolis explodiert, versteckte Larsen das erste Bier des Tages in einem stinkenden Socken am Strand.

7

Larsen lässt sich von Ahmad ein Feuerzeug geben, nimmt den Wirmer und zündet ihn an. German tradition, sagt Larsen zu den Afghanen, spendiert Marlboros, dann geht es los. Ahmad verteilt Schwimmwesten, bittet die Afghanen, ihre Schuhe auszuziehen und die Jacken gleich mit. Die Afghanen krempeln die Hosen hoch, wickeln sich ihre Schals ums Gesicht. Larsen nimmt die Kamera, vergisst das Stativ, aber verwackelte Bilder sind sowieso authentischer, kennt man ja von der Tagesschau und erst recht aus dem Netz.

Action, ruft Larsen, und die Afghanen schieben das Boot ins Wasser, einer nach dem andern springt rein. Das Boot wackelt, Wasser läuft rein, einer nimmt das Starterseil, stemmt den Fuß neben den Motor und zieht einmal: Ruck! Der Motor stottert, säuft ab. Das Gleiche noch mal, dann springt er an. Der Treibstoff rußt, es tuckert, erst schlingert das Boot, fängt sich, die Wellen hinter dem Bug malen ein V, Larsen zoomt mit der Kamera vom Ufer aus auf den Mann am Motor.

Scheiße, denkt Larsen, vielleicht war das Palästinenser-Tuch

um den Kopf vielleicht doch eines zu viel. Doch morgen schon wird er eine E-Mail bekommen: Danke für Mut und Einsatz, Du bist wirklich nah dran.
Larsen muss aufpassen, dass er den Wald nicht im Bild hat, über dem See leichter Nebel, das macht sich ganz gut. Nach einer Minute verschwinden die Afghanen schemenhaft im Grau. Und dann stechen sie in See, spricht Larsen am Abend ins Mikro, einer besseren Zukunft entgegen, denn alles ist besser als Krieg.

8

Die Klappe zum Keller geht auf und schließt sich gleich wieder, die Treppe aus Holz, die Stufen steil und eng beieinander. Larsen hat Mühe, die Augen wollen nicht recht, zu stark der Kontrast zum Neonlicht oben, die Kopie eines Cafés nur schlecht versteckt hinter halbhohem Milchglas zur Straße hinaus. Ein paar Tische aus Holz, vereinzelt Stühle aus Plastik, ein gelber Tresen, keine Gäste, das war es auch schon. Tagsüber sitzen oben ein paar Männer, mittelalt, manche mit Schnauzer, manche mit Mütze, lassen Gebetsketten klacken, spielen Karten oder tun nur so als ob. Ein abweisender, gesichtsloser Ort, die perfekte Tarnung, da kennt Larsen sich aus, über ihm die Kellerdecke, abgehängt, sorgfältig mit Schaumstoff gedämmt, verschluckt das Hämmern des Schlagzeugs, das Klirren der Gläser, den Jubel, die Pfiffe, das ganze Gebrüll. Ganz vorne, direkt an der aus Paletten gebauten Bühne, steht Ahmad im Rotlicht, wirft ausgebreitet seine Arme umher, wild angedeutet das Schnipsen der Finger, wenn er sich dreht. In der Ecke fünf Bierkisten links, fünf Bierkisten rechts, darüber ein Gerüstbrett als Tresen, bezahlen muss keiner, nur wenn man will. Larsen steckt 20 Euro in die leere Flasche Asbach, drei Liter waren da mal drin. Larsen schenkt sich Arrak in einen Plastikbecher und öffnet ein Bier, schiebt sich durch die Menge, Richtung Ahmad, den einzigen, den er hier kennt.

Just come, hatte Ahmad gesagt, but do not speak German.
Auf der Bühne eine Frau mit Flöte, lange schwarze Haare im Gesicht, oder ist es ein Mann?, spielt ein Solo, immer schneller, immer höher, wechselt das Tempo, den Rhythmus, der Mann am Bass kommt fast nicht mehr mit. Die Menge tanzt, feuert die Spieler mit rollenden Kehllauten an, Larsen schlängelt sich an ein paar Afrikanern vorbei, legt tanzenden Arabern die Hand auf die Schulter und drückt sie zur Seite, nur so was wie Deutsche, die sieht er nicht. Er könnte sich fremd fühlen, er fühlt sich sehr wohl. Ist das Beirut oder ist das Berlin? Es ist ein Keller, das alleine zählt. Neben der Bühne eine kleine Schlange, daneben in Koffern und Taschen Instrumente, die Larsen nicht kennt. Jeder darf spielen, jeder kommt dran, nur der Schlagzeuger ist gesetzt, damit der Beat immer bleibt, auf der Bühne ein Kommen, niemals ein Gehen, wer will, bleibt oben, begleitet, spielt ein paar Takte zur richtigen Zeit. Was ist Bühne? Was ist Publikum? Es wird alles eins. Larsen steht neben Ahmad, hält seine Hand, sie tanzen, sie trinken, sie schwitzen, irgendjemand kommt immer und hat frisches Bier, nur Waheed, einer der Afghanen von heut Morgen, trinkt Wasser, tanzt, bis er weint.
Magic, ruft Ahmad, just magic.
Larsen dreht sich, müsste er nicht ein schlechtes Gewissen haben? Aber warum? Ahmad, sagt Larsen, ich hol noch mal Bier!

9

Ui, zwei Buchstaben, für mehr reicht es nicht. Drei Zimmer hat Larsen und alle sind voll. Körper neben Körper auf dem Boden, Auslegeware hat Larsen, immerhin, alle schlafen, haben sich zugedeckt mit Jacken, Zeitungen, Handtüchern und mit Bettbezug ohne Plumeau. Dazwischen Bierflaschen, halbleer, darin schwimmen Kippen, versenkt. Larsen muss mal, kommt nicht hoch, neben ihm Ahmad, schläft, im Arm die Kamera, wie eine Frau. Larsen nimmt sie, stützt sich auf, drückt Play, ein Schwenk über die Leiber. Die Zustände, textet Larsen, werden durch die Kriegshandlungen immer prekärer. Gutes Material, nur die Bierflaschen stören. Neue Einstellung, ohne Flaschen, im Kasten, dann schläft Larsen wieder ein.

10

Papiere bitte, Fahrzeugkontrolle!
Scheiße, denkt Larsen, jetzt Afghanistan, das wäre gut, Pass raus, 100 Dollar drin und dann nix wie ab. Es läuft nicht gut, dieser dicke Blogger in Braunschweig macht Stress, Scheiß-Analyse von Kriegsvideos, Damaskus ist offline und die Redaktion fragt nach Stoff.
Larsen, wir brauchen was Politisches, muss kein Video sein, gern auch ein Text.
Larsen sollte mal wieder Zeitung lesen, aber das hat er sich abgewöhnt. Was Politisches? Was soll das denn sein? Muss Ahmad fragen, denkt Larsen, kramt in der Tasche, findet den Pass.
Bitte schön, wird immer kälter, nicht wahr?
Wer sind diese Leute?, fragt der Beamte.
Berechtigte Frage, bei dem Job, denkt Larsen, das wüsste ich auch gern. Er sagt:
Moabit hilft, das sagt Ihnen doch was? Sind Flüchtlinge, die müssen zum Arzt, Verdacht auf Scharlach und Läuse, Sie wissen ja schon.
Ich habe nichts gesehen, sagt der Polizist, und machen Sie's gut.
Machen Sie's besser, sagt Larsen, zwinkert, fährt um den Block und schmeißt alle raus.
Muss nachdenken, denkt Larsen, zündet sich eine an, weil es sich dann besser denkt. Aber Larsen denkt nur Quatsch, was einem eben so durch den Kopf geht, wenn man denkt und

versucht die Gedanken zu ordnen. KM-72, hat der Blogger geschrieben, Waffen der Volksarmee im Einsatz in Syrien? Jürgen, der Depp, was ein Arsch, beim nächsten Mal gibt's was aufs Maul!
Kann doch nicht so schwer sein, wenn man sich auskennt, aber Larsen, das ist das Problem, hat den Kriegsdienst verweigert, hatte noch nie eine Waffe in der Hand, da ist er konsequent, ein, zwei Prinzipien müssen schon sein, auch wenn er sonst keine hat. Larsen glaubt, er wär Pazifist, in Wahrheit hat er nur Angst vor dem Hass tief in sich drin. Vor seiner Scheißwut auf alles und jeden, wenn man sein Hirn anschaltet, glaubt Larsen, dann gibt es doch nur Amok, alternativlos und sonst wirklich nichts. Diese Wichser, die sich die Taschen vollstopfen und so tun, als fiele das Elend vom Himmel.
Bist ja selbst so ein Arsch, denkt Larsen, aber Ahmad, denkt Larsen, den bezahle ich gut, der schickt alles nach Hause, was weiß ich, ob sie sich davon Waffen kaufen oder nur Brot. Klar, Brot wär mir lieber, adopt a revolution, gibt's die überhaupt noch? Auch so ein kriegsromantischer Scheiß, auf dem Armaturenbrett feuchte Allzwecktücher, gibt's die auch in trocken? Was weiß ich, denkt Larsen, schaut auf die Uhr, schon fünf durch, wär mal Zeit für ein Bier.

11

Ahmad muss ihm helfen, aber er ist mal wieder nicht da. Andauernd klingelt sein Handy, Ungarn, Italien, Österreich, wie viele Verwandte kann ein Mensch eigentlich haben? Erst gestern hat ein 14-Jähriger hier geschlafen, seine Mutter, eine Cousine von Ahmad, hatte ihn alleine über das Meer geschickt. Bevor Larsen abtauchte, war so was noch eine Geschichte, das ließ sich verkaufen, das wollten alle, wäre 'ne Schlagzeile. Larsen fand sie im Park. Hello my friend, where do you come from?, hörte einfach nur zu.

Aber ein 14-Jähriger allein über das Meer, das interessiert längst keine Sau, erst gestern hat Larsen die Geschichte einer 97-jährigen Syrerin gelesen, die alleine über das Mittelmeer nach Deutschland kam. Es braucht jetzt schon Superlative oder Skandale, sonst springt da keiner mehr an. So was wie die Leiche eines Flüchtlingskindes auf dem Dachboden, Katzenstreu drüber, damit es nicht stinkt, das ist die Latte, über die du jetzt rüber musst als Freier in Deutschland, nur gut, dass Larsen längst offiziell in Syrien ist, da ist noch Markt, da ist noch Nische, sollen die anderen doch schreiben für 1 Euro die Zeile, wenn überhaupt.
Was Politisches, denkt Larsen, sollen sie haben, Scheiß auf Ahmad, das kann ich selbst. Er klappt den Laptop auf, schreibt: Der Kommandant ist müde, der Nachschub fällt aus. Geht zum Kühlschrank, holt sich ein Bier, schreibt weiter: Und wie durch ein Wunder kommt der Nachschub dann doch. Er schreibt, er trinkt, er schreibt, er trinkt und endet mit: die Stimmung ändert sich doch.
Larsen, ganz zufrieden mit sich, öffnet sein Fake-Mail-Fach, öffnet seinen Fake-Facebook-Account, sieht, dass Damaskus wieder online ist, schickt den Scheiß rüber und in Syrien öffnet Maher, noch ein Verwandter von Ahmad, Larsens echten Account, schickt es an die Redaktion in Deutschland. Ein Bier später, der Sechserpack ist fast leer, die Bestätigung, weitergeleitet aus Syrien:
Danke Peter, wie immer, super Text, pass auf Dich auf!
Larsen könnte jetzt schlafen, aber das letzte Bier ist noch voll. Er klickt auf *kürzlich als Lesezeichen gesetzt*, das macht Ahmad für ihn, und knallt sich mit dem letzten Bier voll in den Krieg. Ein Selbstmord-Esel mit Sprengstoff beladen, Kinder mit Victory-Zeichen vor aufeinandergestapelten Autos, ein paar Vollbärtige neben einem Panzer in einem Olivenhain, die einen anderen Olivenhain beschießen, Bahren mit Toten, Tomaten, die in Ruinen verkauft werden, immer wieder das Motiv von Blumen in Trümmern, Blut auf Beton, Menschen, die nach

Menschen unter Steinen graben, der ganze Scheiß, immer nur einen verfickten Klick weit entfernt. Aber Larsen ist Profi, das ficht ihn nicht an, ganz am Ende das Bild eines Jungen im Anschnitt, der Hintergrund unscharf, in der Hand ein Handy, auf dem Display ein zerschossenes Haus.
Das, denkt Larsen, bauen wir nach.
Feierabend, was für ein genüssliches Wort, Google translate spuckt auf Arabisch sechs Alternativen aus und lange fragte Ahmad, was sollen wir feiern? Das Leben, sagte Larsen, das Leben und fand seine Antwort nicht einmal blöd.

12

Larsen hat Bauchweh, doch zum Arzt kann er nicht. Er kocht Kamillentee, oder doch besser Schnaps? Er schüttet Schnaps in den Tee. Wie damals in Libyen, als der Rioja alle war, kam Ahmad mit Boukha, Tunisian liquor, sagte Ahmad, und der war gar nicht mal schlecht, in kaltem Tee sogar richtig okay. Larsen hatte Heimweh, machte Striche wie Knackis, für jeden Tag einen, das dritte Dutzend war schon fast voll. Die Geiselnahme war beendet und Larsen immer noch da.
Komm zurück, wenn du willst, aber bleiben wäre besser, hat sein Redakteur ihm gesagt.
Komm nach Hause, hat Silke ihm geschrieben, ich brauche dich hier.
Die Angst vor der Wahrheit, vor Ich-liebe-dich-nicht, war größer als die Ödnis in Tripolis, denn, ganz ehrlich, Larsen starb vor Langeweile und nicht durch den Krieg. Jeden Tag eine Geschichte, die Kamera längst mit Ahmad, der machte das gut. Larsen überspielte die Bilder und fragte: What's that?
Ahmad erzählte, Larsen schrieb auf, den Rest, den Kontext fand er im Netz. Wenn einer der Kollegen ihn fragte, woher er seine Geschichten hatte, lachte er: Ha, ha, early bird, ich war heut schon draußen!

Im Feld, wie die Deppen so sagen, was ein bescheuertes Wort, Larsen Reporter trotz allem, bloß kein Soldat, wer was auf sich hielt, war eh schon längst weg. Die Front war gewandert, in Sirte, da knallte es noch. Einmal fuhr Larsen mit, einmal musste er es tun, damit er nicht aufflog, eingequetscht zwischen einen Belgier in Schussweste und einem alten Ami auf Speed. Links das Meer, rechts die Wüste, etwas mehr als zweihundert Kilometer fuhren sie, sie kamen gut durch. Fünf Kilometer vor der Front hielt der Fahrer. Der Belgier lief los, der Ami lief los, Larsen blieb einfach nur stehen, ging zum Strand.
Wo vor Tausenden von Jahren die Römer noch herrschten, schrieb er, tobt heute der Krieg. Dann notierte er: schwarzer Rauch, sah eine rostende Dose Cola, schrieb: vertrocknete, braune Blutflecken im Sand.
Blutflecken sind gut, Blut ist brutal, Flecken sind Fakten, die jeder verträgt. Larsen war fertig, der Ami, der Belgier würden erzählen, Larsen wusste, was sie gesehen hatten, das musste raus, vielleicht sofort, vielleicht nach dem ersten Bier, dann ganz gewiss, er musste nur zuhören, mehr war es nicht. Larsen sah, dass der Fahrer schlief, er zog sich aus, ging schwimmen, in sicherer Entfernung der Rauch. Auf dem Rückweg kam ihnen ein Laster entgegen, hinten drauf Afrikaner, zusammengepfercht, festgeklammert an krummen Stöcken aus Holz, das, dachte Larsen, wird bald eine Geschichte, nur jetzt interessiert sie noch nicht.
Am Abend im Hotel klopfte Ahmad, die nächste Flasche Boukha im Arm, Larsen hat nachgeschaut, ein Schnaps aus Feigen, warum eigentlich nicht? Sie saßen da, Ahmad erzählte, Larsen schrieb auf, bald darauf schliefen sie ein. Noch knapp zwei Monate ging das so, und als Larsen, unser Mann in Tripolis, nach Hause kam, war er ein Star. Die Redaktion, das hatte er noch nie erlebt, gab ihm zu Ehren ein Fest. Als alle besoffen waren, sagte der Chef, Peter, komm doch mal mit. Sie fuhren mit dem Aufzug nach oben, wohin auch sonst? Oben war die Bar für die Chefs. Larsen musste aufs Klo und ging vorbei an holzgetäfel-

ten Wänden in Richtung der grünen Leuchtbuchstaben WC. Er suchte das Pissoir, das war gar nicht so einfach. Er wollte schon aufgeben, da sprang die Lichtschranke an, bodentiefe Fenster, ab der Hälfte lief Wasser, er pisste, wie es sich gehörte, an die Scheibe, unter ihm die Lichter der Stadt.
Ich, dachte Larsen, ich bin die vierte Gewalt, endlich, ich habe verstanden, und als er es endlich verstanden hatte, war alles einfach wie nie.
Was willst du machen?, fragte ihn nach drei Bourbon der Chef.
Chefreporter, sagte Larsen, und Kolumnist.
Sie schüttelten Hände, tranken noch einen und schon am nächsten Morgen legte Larsen gut los. Schuld, Sühne, Machiavelli, Marx, den ganzen bildungsbürgerlichen Kanon hoch und runter, immer schön mit tagesaktuellen Themen verknüpft. Einmal die Woche ein Interview, Politiker, Schauspieler, Sportler, Hauptsache ein großer Name, Larsen suchte es sich aus und wilderte in jedem Ressort. Freunde in der Redaktion macht man sich so keine, aber Larsen war sich selbst schon immer mehr als genug. Saß einmal im Monat breitbeinig in Talkshows und referierte über den Zustand der Welt. Er hatte nie viel Ahnung, aber er verkaufte sich gut. Er kündigte die Festanstellung, handelte eine Pauschale aus, weit über Tarif. Es hätte nicht besser laufen können, doch dann kam der Fall.
Er interviewte einen Geschäftsmann und Kunstsammler.
Erst ging es um Kunst, kurz darauf war die erste Flasche schon leer, der Sammler in Stimmung und Larsen, wie fast immer damals, im Hoch. Irgendwie kam das Gespräch auf Libyen, und Larsen erzählte von den Kunstwerken Saif El-Islam Gaddafis und fragte seinen Interviewpartner, was der davon hielt. Die Antwort war eine Hasstirade gegen Araber, gegen Juden, gegen die alle da unten, nach der letzten Flasche gefolgt von einem Vortrag über die Seele der Deutschen, und natürlich fiel immer wieder der Begriff: Deutsches Volk. Darf ich das verwenden?, fragte Larsen zum Abschied, und der Geschäftsmann meinte: Aber hallo, natürlich! Und Larsen schrieb alles gleich auf.

Hätte er Freunde in der Redaktion gehabt, sie hätten ihn gewarnt. Der Sammler war für seine Tiraden bestens bekannt, aber auch für seine Rückzieher, wenn der Rausch verflogen war. So aber rutschte das Interview anstandslos, wenn nicht gar vorsätzlich, durch.
Der Sammler klagte, der Verlag verlor Anzeigenvolumen im fünfstelligen Bereich, und als Larsen in der Kantine den Herausgeber traf, sagte der nur: Herr Larsen, Sie sind ja nur Freier und jetzt erst mal raus.
Aber ich ... es war doch die Wahrheit, wollte Larsen noch sagen, stand aber nur da, in der Hand sein leeres graues Tablett.

13

Es gab einen Anschlag im Westen, und das ist schlecht fürs Geschäft. Die Groß-Kommentatoren schreiben Weltkrieg, der Sicherheitsapparat schließt die Reihen und Jürgen, der Depp, hat sein Handy aus, demonstriert fürs Vaterland, für Jesus, für Maria und vielleicht sogar für den Heiligen Geist.
Larsen, bitte melde dich, was sind die Reaktionen vor Ort? Was sagt Syrien? Wo bist Du gerade?
Aleppo, tippt Larsen und streicht das sofort. Aleppo ist, wenn man will, zu erreichen, zu unsicher, da fliege ich nur auf. Idlib, schreibt Larsen und schaut erst mal nach, wo das liegt.
Und? Was sagen die Leute aus Idlib, gibt es eine, irgendeine Reaktion? Egal was, Larsen, alles, was Du uns liefern kannst, ist gerade gut.
Gute Frage, denkt Larsen, schickt Idlib über Google translate. Ergebnis: بلدإ Er kopiert das arabische Wort, drückt bei Google auf News, nach Ahmad seine wichtigste Quelle. Erster Treffer:
امور حتفنو نطنشاو كدنس :ةلودلا ميظنت
Larsen drückt wieder den blauen Button von Google translate:

Staatliche Regulierung: SNDK Washington und die Öffnung von Rom
Groß in Washington, um schlug alle beteiligen sich an der internationalen Allianz, um sie in Form von Kontrolle über den Irak und Syrien Bereiche Staaten zu kämpfen. Die Bedrohung der Regulierung in den neuesten Publikationen zugeteilt, auf den Attacken Kommentar mit dem Titel »kämpften alle Ungläubigen«. Und nacheinander von drei Führer der Organisation zu sprechen, wie es gratulierten und segne die Operation von den »Soldaten des Kalifats« durchgeführt und schwor mehr, und drohte Nationen, die NATO »Kreuzzug« beteiligt sind. Und begann Video -kaaadh Versionen von staatlicher Regulierung Alsabakh- Bemerkungen von Präsident für die Teilnahme seines Landes in der internationalen Allianz, um die Organisation zu kämpfen, und sein Bekenntnis zur Überfälle gegen Hochburgen in Irak und Syrien zu starten, und dann droht ein Sprecher der Organisation, Abu Mohammad al-Adnani, der teilnehmenden Länder in dieser Allianz, und nach dem Nachrichtensendungen. Die Medienberichte über den arabischen und internationalen und die Zahl der Todesfälle und Verletzungen durch die Angriffe verursacht.
Larsen versteht nix, verflucht Ahmad, der mal wieder unterwegs ist, weil der nächste Cousin just arrived, googelt Idlib auf Englisch, findet: Syria / White phosphorus bomb dropped on Idlib village, liest weiter, das übersetzt sich ja schnell, schreibt zurück:
Russische Phosphorbomben über Idlib, Europa ist hier gerade weit weg. Es ist die Hölle, wollt ihr es haben?
Die Hölle, denkt Larsen, als er es schickt, war vielleicht ein bisschen too much. Fünf Minuten später die Antwort:
Danke, Larsen, pass auf Dich auf, das passt gerade nicht so ins Bild.
Scheiße, den Job hab ich richtig verkackt.
Larsen schließt die Verbindung nach Damaskus, liest noch einmal die Übersetzung von Google translate, denkt, Abu Mo-

hammad al-Adnani, wer war das noch mal? 55 Millionen US-Dollar Belohnung, sagt Wikipedia, Sprecher von ISIS, für Larsen längst Daesh, so viel Syrien muss sein. Schnell schauen, Damaskus-Verbindung ist noch aktiv, Larsen tippt: Abu Mohammad al-Adnani, Daesh-Sprecher, an dem bin ich dran.
Die Antwort, keine zwei Minuten später:
Larsen, das wäre der Scoop!!!!

14

Wäre Larsen nicht Journalist, wäre er Seemann, dabei hat er Angst vor dem Meer. Er hat auch Angst vor dem Schreiben, aber meistens ist das gar nicht so schlimm. Seit er Abstand hat, ist es sowieso anders. Larsen ist der Ghostwriter von Larsen, das ist doch nicht schwer. Er braucht keine Bilder, es kommt einfach so. Er lässt es passieren, saugt alles auf.
Deine Passivität, hat Silke einmal zu ihm gesagt, kotzt mich dermaßen an.
Oh Mann, Silke, ein bisschen Sex jetzt, das wäre schön. Mensch Peter, reiß dich zusammen, werde jetzt bloß nicht sentimental. Die gemeinsame Wohnung gibt es noch immer, auch seine Sachen darin. Das wird sich nicht ändern, er ist ja jetzt weg. Die Katze hat ihre Klappe, er hatte früher sein Zimmer und Silke den Rest. Er hatte Silke im Jemen getroffen und sie sagte:
Du betonst das ganz falsch, man sagt Jemmen, nicht Jehmen, wer hat dich denn geschickt?
Die Zeitung, sagte Larsen, ich soll hier was schreiben, und was machst du hier denn so?
Ich rette Kinder, sagte Silke.
Larsen dachte, das wäre ein Scherz. Erst als die Verliebtheit vorbei war, merkte er, sie meinte das ernst. Auch ihn will sie retten, aber wovor eigentlich? Denn Larsen findet sich eigentlich alles in allem ganz gut. Je länger sie zusammen waren, desto öfter sagte Silke:

Peter, du bist ein zynischer Arsch.
Ich bin nicht zynisch, ich fahre nur in komische Länder, da gehört das dazu.
Was gehört dazu?, fragte Silke.
Na, das alles eben, sagte Larsen, ging in sein Zimmer und schloss einfach die Tür.

15

Häuserkampf, Blende zu, Hintergrund unscharf, okay, aber zerstörte Städte, no way, die Macht liegt sowieso längst nicht mehr auf der Straße, dafür ist sie viel zu kaputt. Am Anfang, da dachte Larsen, da dachten alle, es entsteht was Neues, es war ein Sog, der ihn mitnahm, selbst vom Hotelzimmer aus. Ständig passiert etwas, ständig wird was Altes gestürmt, die Polizei, das Parlament, die Zentralen des Alten. Du musst es nur aufschreiben, das ist schon alles. Nichts ist es wert, dass man draufgeht, aber diese Gefahr war bei Larsen nie mehr als latent. Schöne Wörter, um mehr geht es nicht, eine Geschichte erzählen, Applaus für den Moment. Ruinen! Rebellen! Radau! Der Rest, in einem Absatz erwähnt: Nachbarn, Zeugen, Kollegen, nichts als billige Wegwerfware für Larsen, wenn er das schreibt. Würde er gefragt: Bist du, sind Sie eigentlich kaputt? Er würde antworten und wäre überzeugt, er würde dabei nicht einmal lügen: Keine Spur, ich dokumentiere doch nur. Okay, immer krasser, keine Zwischentöne, Normalität höchstens homöopathisch dosiert, ein bisschen Zuckerwatte-Verkäufer, dort ein spielendes Kind; abgeschossene Beine, vergewaltigte Frauen, Drohnen-Opfer, von den Amerikanern bebombt, ein Krankenhaus als Einstieg, Arzt mit blutigem Kittel, Irrenhaus, ein Sturm zieht auf, die Irren drehen sich, sie drehen sich und hören nie auf. Konspirativ tun, unter der friedlichen Oberfläche brodelt es, auf der Hut sein, Geheimdienstquelle berichtet, Angst schüren, aber keine Panik, so lebt es sich gut.

16

Ahmad fuhr Larsen zum Flughafen von Tripolis, damals gab es den noch, Larsen kurbelte das Fenster runter, roch die Wüste, Wohnblocks, sozialistisch, futuristisch, rauschen vorbei, er würde gern bleiben, er wird Ahmad vermissen, das Bier in Socken, die Sonnenschirme aus Bast, die schmutzigen Liegen aus Plastik, das knietiefe Wasser, immer lauwarm. Er sah aus wie ein Urlauber, er war schlank, er war braungebrannt, er war rundum erholt.

Und du, Ahmad, was machst du, was passiert jetzt mit dir?

Ahmad blieb noch ein bisschen in Libyen, bis es losging in Syrien, da musste er hin. In Libyen war Ahmad nur ein Gastarbeiter, geflüchtet vor dem Regime, jetzt endlich konnte er es bekämpfen. Schon bevor er damit anfing, fühlte es sich an wie ein Sieg. Egal wo Larsen war, der Kontakt zu Ahmad riss nicht ab. Sie skypten, sie schrieben sich Mails, tauschten Bilder auf Facebook, meistens vom Krieg, auch wenn sie nicht Krieg dazu sagten. Ahmad kämpfte für die Freiheit, am Anfang noch friedlich, aber das ging natürlich nicht gut. Schon bald organisierte er Waffen, er hatte Kontakte in Libyen.

Larsen, sagte Ahmad, komm bald mal vorbei.

Zwei Jahre dauerte es, da sahen sie sich wieder, in Amman, diesem traurigen Nest. Sie stiegen ins Auto, Larsen, damals noch ein gefeierter Journalist, kurbelte das Fenster runter, roch die Wüste, Wohnblocks, fast die gleichen wie in Libyen, nur beiger, rauschten vorbei. Mitten in der Wüste ein Lager, dann Nassib, ein Schlagbaum mitten im Nichts, Grenzen Klumpen aus Stein, wer denkt sich so was nur aus? Nicht stehen bleiben, einfach nur fahren, so muss das sein. Ahmad war ein Freund, davon gab es nicht viele, wenn Larsen ehrlich war, mit sich rang, dann gab es nur Ahmad, die anderen zählten nicht mehr. Sie gingen verloren, die Zonen der Überschneidung waren mal groß, aber lang ist das her. Es gab noch Kollegen, aber Freunde? Die nicht. Selbst nach zwei Jahren, sie mussten nicht re-

den, sie mussten nur fahren, wie lange noch?, war nicht wichtig, sandige Ebenen, der Wind, die Luft, der Motor, immer weiter, hinein in das Chaos, wo Ahmad lebte. Es gab Tee, es gab Arrak, sogar Boukha hatte Ahmad besorgt, sie tranken, es wurde gesungen, sie lachten. Die einzige Warnung, ein Mahnmal, die Kalaschnikow an der Tür. Es gab einen Kalender, aber der zählte hier nichts, wenn man sich dran gewöhnt hat, dann ist das ganz gut, was du machen willst, mach es heute, ein Zwang ist das nicht. Larsen war durchdrungen, ja wovon eigentlich?, er putzte die Brille, er küsste Ahmad, er aß, er rauchte dazu und trank zwischendurch, er machte sich Notizen, wartete auf Raketen oder irgendeinen Knall. Die Wahrheit war, er fühlte sich lebendig, zu Hause war er oftmals nervös, hier fast nicht mehr. Donnert es? Nein, jetzt noch nicht.
Ahmad, sag mal, wo ist denn die Front?
Larsen, sagt Ahmad, what's wrong with you now?
Larsen, wie lang ist das jetzt her?, zwei Jahre?, macht jetzt plötzlich einen auf Held. Das Hotel, Larsen, das Hotel, das war doch immer sein Ort, er wollte dabei sein, aber das nur ein bisschen, aber jetzt, auf einmal, wollte Larsen es ganz, vielleicht weil Ahmad da war, vielleicht weil er endlich anfing, sich langsam von Silke zu trennen, vielleicht hatte er aber auch nur einen Arrak zu viel.
Tomorrow, my friend, tomorrow, sagte Ahmad, dann legten sie sich hin, Ahmad auf dem Sofa, Larsen im Bett.

17

Fünf Tage blieb Larsen, dann fuhr er zurück. Larsen war stolz, das kannte er nicht. Er war wirklich im Krieg, er tat nicht nur so. Er hatte überlebt, er hatte geschrieben, fotografiert und gefilmt, er war ein richtiger Journalist, nur besser als die Säcke von früher, die nur entweder schrieben, oder filmten, oder knipsten. Larsen kann alles, wenn es sein muss, auch audio, und das sogar live, die Geschichte passend zum Gerät erzählen, dem Nutzer das Gefühl geben, dass er sich einmischen darf, Leute in den Loop holen, Zukunftsstrategie, digitaler Change-Prozesses, ha, das hat er voll drauf. So einer ist er nämlich, der Larsen, ein Versprechen in die Zukunft. Der Rest ist einfach, Larsen folgt, wie immer, dem Baukastenprinzip:

Wir sind kaum losgefahren, da sind wir schon mittendrin / Alle sind unruhig / Mohammed ist eigentlich immer ein guter Name / Das bisschen Essen / Dann hat seine Frau Angst / Das Leben ist schwierig geworden / Makkaroni heißt Nudel / Wie so oft in xy / Man kennt sich schließlich / Beim Tee wird irgendwas besprochen / Zitat: Wir lassen uns nicht kleinkriegen / Der Druck einer Bombe zerstört etwas / Zum Glück war xy nicht am Ort / In den Scherben eine Zeitschrift, der Titel xy / Der Scheich soll für Recht und Ordnung sorgen / Reste russischer Streubomben / Natürlich ist in xy noch alles in Bewegung / Auch dieser Ort vom Krieg gezeichnet / Hier arbeitet schon lange niemand mehr. Für wen auch? / Die Menschen fühlen sich alleine gelassen / Beim obligatorischen Kaffeetrinken … / Abu Mohammed / Schießübungen im Schulhof / Dann eine Explosion, alle rufen: Allahu akbar / Weinen. Weinen / Wir folgen den Rebellen / Der Krieg dauert schon viel zu lange / Wir wissen nicht, was aus ihnen geworden ist und all den anderen / Wir verlassen xy / Wie wird das Land aussehen, wenn der Krieg einmal beendet ist? / Das ist alles, was von ihrem Leben geblieben ist / Wir verlassen das Land, die Menschen in xy bleiben.

Dazu irgendwas posten, am besten das Bild eines Kindes, dazu irgendein gefühliger Text oder ein Foto von Larsen in landestypischer Tracht, bitte teilen, bitte weitersagen, braucht es nicht mal, das kommt schon von selbst. Am Anfang brauchst du noch Feinkost, aber es dauert gar nicht so lange, da hast du Daumen, an jeder Hand fünf. Schon im Flugzeug, Larsen sitzt wie immer am Gang, beginnt er zu schreiben.

Arbeitstitel: Sadik heißt Freund oder Ahmad und ich.

Business Intelligence Team und Redaktion, seit kurzem Editing-Pool, wollen das so. Geschichten aus der Ich-Perspektive sorgen für die beste Bounce-Rate, werden häufiger geshared und geliked. Mit dem Ich, haben sie Larsen gesagt, bist du perspektivisch weit vorn.

Ahmad, schreibt Larsen, war ein glattrasierter junger Mann, als ich ihn das erste Mal traf. Zwei Jahre später suchen Ahmad und ich, Seite an Seite, in den Trümmern eines zerbombten Hauses nach Überlebenden, in seinem kinnlangen schwarzen Bart klebt der Staub. Die Welt, sagt Ahmad zu mir, schaut zu, wie wir sterben, und ein paar Häuser weiter ruft der Muezzin zum Gebet.

Das ist mal ein Anfang, sagt Larsen, denn wenn er schreibt, dann lobt er sich gern. Auch der diensthabende Redakteur, seit kurzem Desk-Officer, ist ein paar Tage begeistert, aber nicht ganz. Larsen, sagt der Officer, wir brauchen noch Bewegtbilder, sonst trägt der Text nicht. Larsen antwortet: Ja, ja, ich muss nur noch schneiden, du hast es schon bald. Er öffnet den Rechner, aber alle Video-Dateien sind falsch überspielt. Die Kamera hat er Ahmad geschenkt. My new Kalaschnikow, sagte der und küsste Larsen zum Dank auf die Stirn. Larsen denkt, ich muss der Redaktion melden, dass es doch kein Video geben wird, aber hat die erste Deadline mit dem Text schon gerissen, fühlt so was wie Bringschuld und schaut nach, was er hat. Der Ordner Libyen ist noch intakt, darauf Material mit Ahmad, so viel er nur will. Ist doch egal, denkt Larsen, ein kaputtes Haus ist kaputt, das ist doch das Einzige, was jetzt gerade zählt. Ahmad in Trümmern, Ahmad im Interview, Ahmad beim Tee, es ist alles da. Larsen schneidet, Larsen textet, Larsen trinkt Bier, Larsen schickt alles rüber und denkt mal wieder: Was bin ich gut!

Am nächsten Morgen wacht er auf, leicht verkatert, und checkt als Erstes die Seite. Er hat es mal wieder geschafft, sein Artikel samt Video ist Aufmacher, jetzt schon 854-mal geteilt, Tendenz aufsteigend, ganz klar. Er liest den Artikel, berauscht sich

an der Wahl seiner Worte und ist sehr zufrieden mit sich. Dann klickt er auf sein Video, erfreut sich am sonoren Klang seiner Stimme, denkt, jetzt ein Kaffee, dann sieht er es: Scheiße. Ahmad ist glattrasiert wie ein Pavianarsch. Er hat auf den Bildern aus Libyen noch gar keinen Bart!
Das war es. Larsen meldet sich krank, sitzt vor dem Rechner, sucht nach seinem Namen auf allen Kanälen, aktualisiert den Auftrag stündlich, doch es passiert nichts. Nach einer Woche Magen hat Larsen seine Eier zurück. Sein Artikel samt Video 136 843 Klicks, 31 537-mal geteilt, 365-mal kommentiert, den fehlenden Bart hat keiner gemerkt. Larsen, auf dem Weg zur Arbeit, hat trotzdem ordentlich Schiss. Hat es denn niemand gesehen? Wollte es niemand sehen? War der Erfolg so groß, dass sie ihn decken? Larsen öffnet die Tür zum Newsroom, die Gesichter der stummen Redaktionsleichen leuchten blau im Auge der Screens, nur der Desk-Officer steht auf, geht auf ihn zu, umarmt ihn, flüstert Larsen ins Ohr: Na Champ, was hast du heute im Köcher?

18

Der dicke Blogger bringt die Ordnung durcheinander. Versteht er denn nicht, es ist alles so einfach. Zwei Pole, Daumen hoch, Daumen runter, Rituale werden beschworen, beschissen werden, darum geht es, wer will das denn nicht?
Ich, denkt Larsen, ich räum doch nur auf, rück alles zurecht, damit jeder gut schläft. Ich schaffe nur Bilder, die jeder schon hat. Und jetzt kommt der Dicke, vergleicht meine Aufnahmen mit dem Wetterbericht. Diesmal ist es noch einfach, Larsen schreibt, das war Rauch, Nebel gab es da nicht, schickt die Antwort nach Damaskus und von dort aus zurück.
Das Weltbild nach Fakten definieren, wo kommt man da hin? Es geht um Meinung, basta und Maulkorberlass. Krieg führen,

das will doch keiner, deshalb braucht es Nachrichten, die Angst machen und beruhigen zugleich.
Die bösen Islamisten, die Rebellen, wenn nicht gut, dann doch zumindest gemäßigt, das ist doch Gesetz. Das offizielle Bild, denkt Larsen, ich male es nur aus.
Den Rahmen liefern die Groß-Kommentatoren, schreiben in ihren Einzelbüros vom Krieg, als wäre es Sport, und im Vorzimmer kocht Frau Müller den Tee. An schlechten Tagen ist der Krieg ein Boxkampf zwischen zwei Führern, wer ist wem auf die Füße getreten, wer hat einen Tiefschlag gesetzt, wer hat was auf welcher Konferenz gesagt und am Schluss, natürlich, unvermeidlich, die Forderung, die Warnung an die Regierung, dass sie schon bald sehen wird, was passiert. An besseren Tagen geben sie sich Mühe, rufen vielleicht sogar jemanden an, dann wird der Krieg zum Fußballspiel, mit taktischen Zügen, Strategien vom Reißbrett, Geländegewinnen und ab und an schießt einer ein Tor. Larsen, da war ihm langweilig, hat mal die Namen der Akteure durch Fußballspieler ersetzt, das las sich ganz gut. Im Leitartikel ist Krieg ein Spiel der Eliten, die Opfer kommen nicht vor.
Dafür braucht es Leute wie Larsen, Zitate von unten, blumige Worte, es darf rauchen, da darf es bluten, aber bloß nicht zu viel, selbst vom Westen enttäuscht sein darf man, aber bitte in Maßen. Kritik ja, ein bisschen verstören ist gut, aber bloß nicht zu viel, drei Seiten später kommt der Rezeptvorschlag vom Sternekoch, das schmeckt doch sonst nicht. Sie haben geplündert und gemordet, das geht, aber tief in die Wunde schauen, das Kind, dem von der Granate der halbe Kopf abgerissen wurde, rotes Fleisch, dazwischen weiße Hirnmasse, die quillt, also, Larsen, nein danke, man muss sich doch wohlfühlen, trotz allem.

19

Setzen Sie sich, sagte die Sachbearbeiterin: Kriegsreporter sind Sie, so, so, und was ham Se studiert?
Nichts, sagte Larsen.
Und die Frau vom Amt sagte: Sorry, dann sind Sie hier falsch.
Geld bekam er trotzdem, und er gab es auch aus. Man ist so schnell, zack, weg. Er war geächtet nach der Sache mit dem Interview, auch seine Kolumne nahm man ihm weg. Im Nachhinein, denkt Larsen, war das gar nicht so schlecht, es half beim Verschwinden, es kehrte Ruhe ein.
Der Nachwuchs stand längst parat, akkurat geschniegelt die Abschlussklasse der hauseigenen Akademie, die Frauen, waren das schon Frauen?, im Ballkleid, die Männer, waren das schon Männer?, im Anzug, Krawatte, na klar. Fototermin vor dem Verlag, das Diplom in der Hand, angepasste Schreibsoldaten, aber Digital Natives, so viel Qualifikation muss schon sein.
Und Larsen? Driftet immer weiter Richtung innere Wüste, inmitten der größten Ödnis, das Warten, worauf eigentlich? Die Geschichte, das Bier, die Niedergeschlagenheit, er hat am Montag keine Ahnung, wie er den Dienstag erreicht.
Herr Larsen, erzählen Sie uns etwas über sich selbst?
Die Interviewanfrage der Schülerzeitung kam zur rechten Zeit, endlich interessiert sich mal wieder jemand für ihn, sogar ordentlich gemacht hatte er sich für das Gespräch. Hemd, Hose, kurz überlegt, ob auch die Reporterweste? Nein, das wäre dann doch ein wenig too much.
Ich bin Peter Larsen und 39 Jahre alt, wurde in Paderborn geboren und bin gerade in Berlin.
Der 17-Jährige, der vor Larsen saß, auf Larsens Sofa, trank Larsens Kaffee, schaute kritisch, versuchte es zumindest, kniff die Augen ein wenig zu, presste die Lippen zusammen, versuchte ein investigatives Reporter-Gesicht. Die hätten echt mal eine Schülerin schicken können, dachte Larsen und hielt dem blonden Schlacks seine Schachtel Zigaretten vor das Gesicht.

Nein, danke, sagte der, ich dreh' mir lieber eine und krümelte Larsens Wohnzimmertisch voll mit Tabak.
Was heißt, Sie sind gerade in Berlin?, fragte der Schülerreporter.
Das, was es heißt, sagt Larsen, ich verstehe die Frage nicht.
Ich mein ja nur, sagte der Schüler, das klingt so, als wären Sie auf dem Sprung.
Gar nicht so schlecht der Kleine, dachte Larsen, sah vor sich das blinkende Smartphone, wollte sagen, als ich anfing, haben wir noch auf Kassetten mitgeschnitten, ließ es sein, wollte nicht klingen wie der Veteran, der er ist.
Das bin ich tatsächlich, sagte Larsen. Das müssen Sie sein, dachte Larsen. Oder duze ich den jetzt einfach? Ich duze den jetzt mal.
Das musst du, das ist quasi Teil meines Jobs.
Wie wird man eigentlich Kriegsberichterstatter?, fragte der Schüler und markierte in seinem Notizbuch die Frage mit Rot.
Ich mag das Wort nicht, antwortete Larsen, das ist mir zu martialisch, Krisenreporter, finde ich, trifft es besser.
In der Vorbereitung auf das Gespräch, als die Anfrage der Schülerzeitung in seinem Postfach landete mit der Bitte um ein Interview für ihre Serie: Wie werde ich eigentlich …?, war Larsen alte Unterlagen durchgegangen und hatte dabei Aufzeichnungen seines ersten Volontärkurses gefunden. Irgend so ein alter, abgehalfterter Reporter hatte da tatsächlich einen Rucksack mitgebracht, und Larsen und seine Mitschüler mussten auf Zettel schreiben, was ein Journalist als Eigenschaften so in einen Rucksack packen sollte. Und wie sie da alle schrieben, eine Freude war das. Larsen hätte kotzen können, als er die Begriffe jetzt noch einmal las: Neugierde, Offenheit, Unvoreingenommenheit, Unparteilichkeit, Ehrlichkeit, Integrität. Und selbst wenn sie das damals alles glaubten, der Beruf an sich zermalmt die meisten dieser Vorsätze nach recht kurzer Zeit. Wenn man ehrlich ist, also so richtig, die meisten Journalisten sind Scheinriesen, die Nähe zur Macht, zum Geld, zum Fußball oder

was auch immer, lässt sie glauben, sie wären größer, als sie tatsächlich sind.
Also, sagte Larsen, der größte Scheinriese von allen, wo fange ich an?
Und dann erzählte er von Reisen nach Marokko, seiner Arbeit als freiwilliger Helfer im Waisenhaus, seinem Prinzip, zehn Prozent seines Einkommens zu spenden (Lüge!), davon wie es ist, einen Toten zu sehen (schlimm), wie Tote riechen (»Stell dir vor du legst ein Schnitzel drei Tage in die Sonne«), dem Reiz des Neuen im Zusammenbruch und seinem Wunsch, mit seinen Geschichten zu Hause Empathie für die Benachteiligten dieser Welt zu erzeugen (Schmalz). Nach zwei Stunden ging der Schüler, keine seiner anderen Fragen waren rot markiert. Noch in der Tür, wie er so dastand und den Schüler im Treppenhaus verschwinden sah, dachte Larsen: Jetzt eine kleine Naturkatastrophe, das wäre gar nicht so schlecht.

20

Das Glück des Menschen, hat Larsen mal gelesen, sind immer nur andere Menschen, und deswegen besuchte er ReliefWeb.int, die führende Quelle für globale Krisen, Katastrophen, Konflikte, klickte auf: Latest Disasters / Alerts. Erdrutsch in Sierra Leone, Dürre in Nordkorea, Cholera im Tschad, Vulkanausbruch in Vanuatu, es war nichts wirklich Gutes für ein kleines Abenteuer dabei.
Obwohl durch das geöffnete Fenster Frischluft hereinwehte, war es in Larsens Zimmer stickig verraucht. Auf dem Tisch standen noch die Tassen des Nachmittags, auf dem Teppich verstreut die Tabakkrümel des Schülers. Larsen ging zum Kühlschrank, nahm sich ein Bier, schaute es an, stellte es ungeöffnet zurück, das Glück des Menschen gab es für ihn heute nicht. Er legte sich angezogen ins Bett, hoffte auf Schlaf. Mitten in der Nacht, an seiner Tür ein Klopfen und Klingelalarm.

Ahmad? Really? How did you come?
First boat, then train, sagte Ahmad und dann umarmten sie sich. Sie redeten bis in den Morgen hinein, Larsen auf dem Sofa, Ahmad im Bett. Als es draußen hell wurde, lachte Larsen und hörte erst mal nicht auf.

21

Es geht um einen Punkt, wo man sich nicht beugen darf, das ist mein Zuhause, sagt Jürgen. Eine Sicherheit, die man hat, irgendwann fängt man an sich zu fangen, stellt sich die Frage: Wie soll es weitergehen? Was wird? Das zermürbt. Aber ich bin noch hier! Die Erde, auf der ich stehe, verstehst du, die gehört mir. Ich bewirtschafte 310 Hektar, ich halte 613 Fleischrinder für den Direktvertrieb, und jetzt kommen die und wollen uns wegmachen. Ich sag mal, nicht mit mir, oder was sagst du, Larsen? Sag mal was, ich hab doch Recht, das darf man sich doch nicht bieten lassen, ich sag nur seit 1793 in Familienbesitz, das soll mir so ein Syrer, oder was weiß ich wo die herkommen, erst mal nachmachen. Klar, sieht man da jetzt von außen drauf, sagt man, da gibt es jetzt erst mal keinen Zusammenhang zwischen der Braunkohle und dem ganzen Gesocks, aber man muss das doch mal global sehen, verstehst du, die brauchen doch auch Energie. Guck doch nur mal die Handys, die die haben, oder werden die mit Dynamo betrieben? Nee, oder, genau und da setzen wir an, verstehst du, wenn sie uns wegbaggern, dann für meine Kinder und nicht für die vom Ali, kapierste, Larsen, das musst du schreiben und nicht so komische Filmchen drehen oder was du da hinten in der Kuhle machst. Dieses große Ungewisse, dieses Problem trifft doch nicht nur uns, es gibt doch heute genug Möglichkeiten, der eine mehr, der andere weniger, ich geh daran nicht kaputt, kapierst du, ich nicht, ich bin Teil des Kulturgutes, der Bürger, also ich, verstehst du, ist außen vor. In Afrika scheint doch den ganzen Tag die Sonne, sollen sie doch dort Strom machen, sag ich mal, warum denkt denn keiner so weit, Larsen, sag doch mal, aber ich weiß schon, du darfst ja auch nur sagen, was dir die da oben vorgeben, oder? Brauchst nicht antworten, ist doch so, weiß doch jeder, immerhin bist du nicht so einer, der sich an Bahnschienen kettet, das sag ich dir, da wärst du hier ganz schnell raus, so ein Gesocks kann ich nicht leiden. Ist schon klar, oder, weißt schon was ich mein, oder, na scheiß-egal, rück mal rüber die Kohle, aber bitte, den Ali da, den lässt du beim nächsten Mal…, ach scheiß drauf, du machst doch eh, was du willst.

22

Larsen, es dämmert bereits, klettert auf den stillgelegten Braunkohlebagger, den Text für den Film längst geschrieben (irgendwo im Luftraum über…), die Blende unscharf, die Dämmerung tut ihr übriges, tunkt den Sand in rosé, unscharf, weich, wie auf dem Mond. Passt doch, denkt Larsen, erzähl das den Bauern und Jürgen da hinten, Armstrong und Konsorten, noch so ’ne Verschwörung, kennt man doch, nur Siegfried Jähn, Allee der Kosmonauten, das ist echt, kennt jeder, kurz hinter dem Mühlencenter, dann rechts, aber der Ami auf dem Mond, da fing das doch an.

Wie ist die Lage am Boden?, textet Larsen im Kopf, schwenkt rasant mit der Kamera über den Boden. Unsichtbare Einsatzziele, wo die Befehlslage es erfordert, ist Commander Ben Ryan vor Ort.

Vielleicht ist Mac Ryan besser, muss ich mir merken, denkt Larsen, klettert runter, wo Ben, wie heißt der eigentlich mit Nachnamen?, schon wartet. Als Larsen ihn kennenlernte, in der Bar tief im Keller, sagte Ben:

Call me, für ein bisken beer mag igg alles.

Larsen gab ihm seine Nummer und sagte: Ruf mich mal an.

Da standen sie, inmitten von schwitzenden Körpern, fast ohne

Empfang. Sie gingen zur Bar und irgendwann hatten beide 'nen Balken. Larsens Telefon leuchtete, das Klingeln hörte er nicht, er nahm an, hob den Daumen und sie stießen kurz an. Ich speicher lieber gleich, dachte Larsen, wer weiß, ob ich das morgen noch weiß. Irgendeinen Ben hatte er schon. Statt Ben speicherte Larsen: Mr Low Budget, und so hieß er halt dann. Das erste Mal kam Mr Low Budget in einem historischen Kostüm. Der Freund eines Freundes von ihm stand am Checkpoint Charlie in GI-Uniform. Larsen musste von hinten drehen, der Ami im Anschnitt verschwindet ganz schnell.

23

Also, ich bin da jetzt auch dabei, kann ich dir echt nur empfehlen, das ist so was von befruchtend, sag ich dir, also das kannst du dir nicht vorstellen, das musst du fühlen, dann kommst du dahin und lernst syrische Rezepte und so. Also, das ist total schön. Was hältst du eigentlich davon, morgen, das letzte Mal im See baden und so, einfach draußen, also wenn du Bock hast, kannst du ja mal gucken, also, ich sag mal, überlege es dir, ich fände es toll.

Ja, gerne, und heute Abend noch so?, fragt Larsen.

Gleiche Nummer wie immer, ab fünf in einem der Cafés für Frauen ab 30, altrosa Tapete, ein bisschen altes Porzellan, eine auf Vintage getrimmte Vitrine für Kuchen, eine kleine Diskokugel an der Decke, die rotiert, wenn es dämmert, ganz dezent, im Hintergrund äthiopischer Jazz, im Zeitschriftenständer *Missy*, *taz* und *Die Zeit*.

Larsen hat eine Liste, hakt die Cafés alle ab. Jedes Café nur einmal, auch die Bezirke sind darin vermerkt. Mal ist er Olaf, mal Christian, auch Paule macht sich ganz gut. Von Beruf ist er Programmierer, da fragt fast nie eine nach, und klar, er ist zu Besuch, schläft bei einem Freund, muss morgen ganz früh wieder los. Am Anfang hat er es am Wochenende probiert, aber ohne

Erfolg. Montags, nach einem einsamen Wochenende, sind sie weich. Das Einzige, was er lernen musste, war die Anzahl der Getränke zu begrenzen. Trinkst du fünf Bier, geht keine mit, trinkst du drei Wein, ist alles im Lot.
Heute?, fragt sie.
Ja, heute, sagt Larsen.
Du, sagt sie, über dem Bett eine tibetanische Gebetsfahne, ich fand es echt toll, aber weißt du, ich muss morgen fit sein und so.
Larsen küsst sie, sagt: Echt? Und: Schade.
Es lief alles so wie es soll.

24

Es ist genau wie er befürchtet hatte, und er bricht die Bewegung in allerletzter Sekunde schnell ab. Er traut sich nicht, dabei wäre alles so einfach. Eine neue Identität, das war doch sein Plan, aber Larsen bringt das jetzt nicht. Den Geldbeutel nehmen, zack und dann weg, der merkt doch sowieso nichts mehr, der liegt da nur am Rand des Platzes und kommt nicht mehr hoch. Larsen kann das nicht, früher im Supermarkt einen Flachmann verschwinden lassen, das schon, aber einen ausrauben, nee, lass mal sein, was kann der Typ schon dafür? Elke ist schuld oder Henry oder Andy oder Inge oder alle zusammen, scheißegal, der Typ war der Einzige, der an diesem Abend machte, wovon alle träumten in der Eckkneipe »Zum Eck«, die zwischen zwei Häusern an einer zweispurigen Straße lag, kein Eck weit und breit. Jeder trank für sich, sie waren alleine und doch unter sich und im Hintergrund piepste der Geldspielautomat sein Lied für den Typ, der mit der linken Hand leuchtende Felder abdeckte, während in seinem Aschenbecher die Kippe verglühte. Der macht es richtig, denkt Larsen, der will was gewinnen, aber riskiert nicht zu viel.
Eh du, sagt Larsen, willste ’nen Schnaps?

Und dann kübeln sie auf Larsens Rechnung, und die anderen schauen neidisch, weil der neue Monat erst in drei Tagen beginnt.
Auf was trinken wir?, fragt der Spieler.
Keine Ahnung, sagt Larsen, ich würd' mal sagen, am besten nur so.
Soll mir recht sein, sagt der Typ, in etwa Larsens Alter, auf jeden Fall gleich groß, das Haar dunkel, voll, also das Haar, nur etwas aufgeschwemmt, aber das ist Larsen ja auch. Jeden zweiten Schnaps kippt Larsen auf den Teppich, wer verlegt denn hier Teppich?
Wann hast du denn Geburtstag?, fragt Larsen. Nee, echt, das glaub ich jetzt nicht. Komm, darauf noch einen, na dann mal Prost.
Zwei Schnaps später.
Eh du, das lässt mir echt keine Ruhe, haste mal 'nen Ausweis?, sonst glaub ich das nicht, du bist doch viel jünger, du bescheißt mich hier doch.
Alkohol konserviert, sagt der Typ.
Mann, denkt Larsen, ist das jetzt schlecht.
Aber tatsächlich, der Typ zückt den Perso, Larsen schmeißt 'ne Lokalrunde und dann noch zehn Schnaps. Als der Typ am Boden liegt, hat Larsen den Perso in den Händen, Peter heißt der, auch das noch, steckt ihn zurück in den Geldbeutel, hilft Peter hoch, nimmt ihn Huckepack und trägt ihn nach Hause, Meldeadresse: Frauenfelder Weg 11, legt ihn ab vor der Tür.

25

Es muss mal wieder Geld reinkommen, aber die Stimmung ist schlecht. Der Krieg ist auf einmal zu Hause und nicht mehr weit weg. Larsen könnte in Deutschland gut Geschäfte machen, aber noch eine Identität, das bekommt er nicht hin. Dabei wäre es so einfach, Ahmad ist jetzt drei Monate hier und wie damals in Libyen sofort gut vernetzt. Untergetauchte Schergen von Assad, IS-Rekrutierung im Heim, das erzählt er abends, neben Larsen, beide den Laptop vor sich. Das sind die Geschichten der Stunde, die müsste er bringen, damit gewinnt er vielleicht gar einen Preis, aber ja, ja, Elend in Jayrud, komm hör mir auf. Als in Deutschland der Klavierspieler herumgereicht wurde, sagte Larsen zu Ahmad:

Sag mal, du spielst doch Geige, oder, sag jetzt nicht nein?

No, sagte Ahmad.

Larsen sagte, dann tu einfach so.

Sie fuhren nach draußen, eine kaputte Scheune, Larsen drückte Ahmad eine Geige in die Hand, filmte wie immer von hinten. Vom Band irgendwas von Schumann, schön und schmalzig zugleich, Ahmad bewegte den Bogen, dann setzte er sich, auf einen Stuhl mit drei Beinen. Die Stimme: Micky Maus, Untertitel: Stimme aus Sicherheitsgründen verfremdet.

Ich wollte Lehrer werden. Die Welt schaut zu, wie wir sterben. Ich habe mit Freunden gegen das Regime protestiert, an Wände gesprüht: Das Volk will den Sturz des Regimes. Dann habe ich gesehen, wie unbewaffnete Demonstranten erschossen wurden, wie sie Demonstranten geschnappt haben und ihnen die Augen ausgestochen haben. Assad, du kannst nicht bis in alle Ewigkeit regieren, habe ich gesagt, damals war ich noch ein glattrasierter junger Mann. Meine Eltern sind Analphabeten, sie sind stolz auf mich, aber sie haben auch Angst. Seitdem spiele ich Geige, es ist mein Protest. Schaut, wie viele Menschen hier ihre Seelen verloren haben, es wird noch viel Blut fließen. Jetzt kommen die anderen, die mögen nicht mal Musik. Wer die Möglichkeit hat zu fliehen, der geht. Ich schlafe jetzt sogar mit Schutzweste. Mein Bruder hatte Glück, es war ein glatter Durchschuss. Oft geht es gut, aber nicht immer.

Und dann kam wieder Schumann vom Band. Erst wollte Larsen texten: Und dann stimmt er wieder die Unvollendete an, erinnerte sich gerade noch rechtzeitig, das war ein anderer, und ließ den Komponisten schlicht weg.

Larsen brachte die Geschichte nicht unter, nicht mal online verschenkt. Larsen, haben sie aus Deutschland geantwortet: Eine Geschichte über glückliche Rückkehrer, das wäre grad was. Ach so, und was ist mit dem ISIS-Sprecher?
Larsen antwortete: Bin dran!

26

So eine Scheiße, das Geschäft geht am Arsch, versteht denn keiner, Ahmad, sein Cousin, ich, wir brauchen Kohle, ist nix umsonst hier. Das Leben in Deutschland ist teuer, und das in Syrien auch. Der Cousin von Ahmad sagt, das Pfund Mehl in Damaskus kostet 2 Euro, ha, und mich wollen sie mit Minijobs abspeisen, da kennt ihr mich schlecht. Ich könnte auch wieder auftauchen, aber was soll ich denn hier? Mit Ahmad nach Calais in den Dschungel? Da ist Krieg, zumindest ein bisschen, nein, denkt Larsen, noch geb' ich nicht auf. Wir brauchen nur was, das knallt, dann geht's bald bergauf. Ahmad sitzt vor dem Rechner, hat die Kopfhörer auf.
Was hörst du, Ahmad?
Fast hätte Larsen Habibi gesagt, aber Habibi, denkt Larsen, geht gar nicht, bei aller Liebe, ich bin doch nicht schwul. Ganz am Anfang in Tripolis, Larsen war noch grün hinter den Ohren, gab es einen Italiener, im Nebenzimmer feierte der Partys, fast jede Nacht. Habibi, Habibi, ti amo und dann ging es ab, libysche Offiziere, Roomboys, Polizisten, Piloten, Hauptsache Uniform, das machte ihn scharf. Und Larsen im Nebenzimmer, die Wände dünn wie Papier, hörte alles, war fast schon Teil von der Show. Seitdem, hör mir auf mit Habibi, Ahmad heißt Ahmad, so wie Larsen nur Larsen, besser ist das, nicht, dass einer noch denkt...
Damascus Dub, sagt Ahmad.
Larsen nimmt die Hörer, spürt den Bass in der Hand.
Woher kommt das?, fragt Larsen.

New Club in Damascus, sagt Ahmad, opened last week.
Das ist es, denkt Larsen, denkt dann an den Gau mit der Geige, aber scheiß drauf, neue Clubszene mitten im Krieg, wenn sie das nicht fressen, dann, ach egal.
Mitten rein in den Gedanken hüpft die blaue Sprechblase von Skype. Ist heute schon Dienstag, denkt Larsen, sind das unsere Jungs aus Jayrud?
My cousin, sagt Ahmad.
Larsen will eigentlich gehen, kein Bock jetzt auf Yesser, Yassin oder wie der nochmal heißt. Aber hallo! Wer ist denn das? Larsen winkt wie bekloppt in die Kamera, hört gar nicht mehr auf.
Hi, I am Leila!
And I am Peter, sagt Larsen und dann lange nichts.

ZWEI

Fliegende Kugeln kann man nicht sehen. Doch seit dem Tag, an dem Larsen sich entschied, es mit der Wahrheit nicht mehr so genau zu nehmen, hatte er die Gabe, selbst Geschosse so zu beschreiben, als wäre er eins. Ein glatter Durchschuss in der Hitze des Gefechts sind nur Worte eines Schreibtischtäters, aber davon bewegt sich Larsen mit Lichtgeschwindigkeit weg. Er wird Zug fahren, er wird in ein Flugzeug steigen, vielleicht sogar auffliegen, anything goes. Falsche Zeit, falscher Ort? Er wird alles richtig machen. Vielleicht! Wer es sich leisten kann, der lebt, als wäre es Frieden, und Larsen gönnt sich mal was.

1

Das Rattern von Rollkoffern. Larsen trägt eine Tasche, immer für den Notfall gepackt. Ich bin offline, fahr ins IS-Gebiet, Termin mit Sprecher bestätigt, Mittelsmann holt mich gleich ab, melde mich in fünf Tagen. Das Interview, denkt Larsen, tipp ich im Schnellzug, da hab' ich ja Zeit. Larsen hätte auch fliegen können, aber Tegel und Schönefeld sind zu riskant. Also erst Warschau, in den Osten fährt keiner, von da aus mit dem Flugzeug über Moskau in den Libanon. Jetzt bloß keinen Fehler. Hätte mir das vor ein paar Monaten jemand gesagt, denkt Larsen, ach scheiß drauf, jetzt ist es halt so.
Are you sure?, hat Leila gefragt.
Yes, very sure, hat Larsen gesagt und dabei gelacht.
Im Nachhinein vielleicht ein bisschen zu laut, aber hysterisch, das dann doch nicht. Er ist entschlossen, vielleicht wie noch nie, er hat aufgehört zu trinken, auch das bekommt ihm ganz gut.
You are in love, hat Ahmad gesagt.
Fuck you, I just want to help.
Wäre Larsen offiziell in Deutschland, es wäre so einfach, er würde eine Bürgschaft für Leila unterschreiben, sie bekäme auf der Botschaft in Beirut ihre Papiere, und Larsen müsste nur einmal aufs Amt. Aber die Auftragslage ist schwierig. Larsen muss

liefern, und außerdem fühlt er sich im Untergrund ganz wohl. Er hätte Leila auch Geld schicken können, 10 000 Euro für den Schleuser, zack, wäre sie da, aber allein die Vorstellung, Leila im Schlauchboot, ob nun mit oder ohne Schwimmweste, macht ihm schon Angst. Als Ahmad dann sagte, er kenne da wen in Gaziantep, der mache Pässe und die auch noch gut, war der Plan schnell gereift: Larsen trifft Leila in Homs, da ist es gerade halbwegs sicher, sie machen einen auf Pärchen, schlagen sich nach Gaziantep durch, machen weiter nach Antalya, fliegen von dort gemeinsam nach Deutschland und alles wird gut. Klar, Larsen macht das für Leila, aber sonst ist da nichts. Vielleicht, denkt Larsen, wenn alles vorbei ist, dann könnte was sein. Aber Hand aufs Herz, wenn Larsen ehrlich zu sich wäre, müsste er zugeben: Es hat mich erwischt.

2

Noch drei Stunden bis Abfahrt Lichtenberg, bloß nicht Hauptbahnhof, siehe Tegel, Schönefeld, Hotspots ganz generell. Larsen muss noch zu Silke, auf Facebook hat er gesehen, sie ist grad nicht da, rettet Kinder im Kongo, irgendwas mit Brunnen und Bildung. Hauptsache, sie sagen am Schluss artig danke, das hat nicht nur der Geldgeber gern. Die Bilder von Silke, Motiv blonder Engel von schwarzen Kindern umringt, geliked und geshared, Stand heute 147 Kommentare und alle brüllen: Hach, toll! Hoffentlich, denkt Larsen, hat sie nicht auch noch Flüchtlinge zu Hause, wobei, Silke, von wegen Mutter Teresa, ist eher der Typ Airbnb. Hauptsache, es ist keiner da, Larsen muss kramen, er will ihren Pass. Der Kontaktmann in Gaziantep hat gesagt: Vorlage brauch ich! Larsen: geht klar! Silke, dachte Larsen, das ist es, Silke hat zwei, einen für Israel und die Amis, einen für die Arabs und alle anderen. Der für die Arabs wär' besser, denkt Larsen, öffnet die Tür. Oh Mann, Scheiße, wer ist denn das?

Hallo, ich bin Martin, Knäckebrot zwischen den Zähnen. Äh, hallo, ich bin Peter, sagt Larsen. Denkt, Scheiße, Scheiße, jetzt gibt's kein Zurück. Ich dachte, du bist in Syrien, sagt Martin, reicht Larsen die Hand. Bin ich auch, sagt Larsen, muss nur schnell was holen. Aha, sagt Martin und dann noch: So, so.
Was eine Scheiße, denkt Larsen, scheißescheißescheiße. Und was machst du hier?, fragt Larsen. Der Typ, Vollbart, Brille, ist fast eine Kopie von Larsen, nur um den Bauch rum flacher, der trainiert wohl, denkt Larsen. Sieht ihn Knäckebrot knabbern, sieht Krümel im Bart: Also, ich, äh, hat Silke dir gar nichts gesagt? Nö, sagt Larsen, ham grad keinen Kontakt. Stimmt ja, sagt Martin, also ich, sagen wir mal so, wohn hier jetzt grad. Aha, sagt Larsen, hinter ihm die Tür, noch immer offen, sperrangelweit. Was brauchst du denn?, fragt Martin. Gute Frage, denkt Larsen und: Was sag ich jetzt bloß? Papiere, sagt Larsen, ich brauch nur Papiere. Was für Papiere?, fragt Martin und sagt: Komm doch mal rein. Nee du, geht schon, sagt Larsen, ich brauch nur die Papiere und muss auch gleich weg. Okay, sagt Martin, und wo sollen die sein? In meinen Sachen, sagt Larsen, geht auch ganz schnell. Also die Sachen, sagt Martin, sind schon lange im Keller, du warst ja lang nicht mehr da. Ja, ich war, also ich bin ja in Syrien, sagt Larsen, das ist nicht so leicht. Ich weiß, sagt Martin, komm auch grad von da.
Wie?, fragt Larsen. Daraa, sagt Martin, wir haben uns da wohl gerade verpasst. Was machst du in Daraa?, fragt Larsen und überlegt, was er selbst da gemacht hat. Ärzte ohne Grenzen, sagt Martin, wir helfen da sechs Krankenhäusern, ach so, und danke nochmal für den Bericht. Welchen Bericht?, fragt Larsen. Na, über den Geigenspieler in Daraa, du hast uns erwähnt. Ach ja, stimmt, kein Ding, sagt Larsen und denkt, echt, hab ich? War wohl ein Tipp von Ahmad, ich hab keinen Schimmer. Kann ich den Schlüssel für den Keller haben?, fragt Larsen und will nur noch weg. Also, ich weiß nicht, müsste man Silke fragen, ob ihr das ... Lass gut sein, sagt Larsen, ich besprech' das mit ihr. Sie kommt in drei Wochen wieder, sagt Martin, schreib ihr

doch mal. Und den Schlüssel, fragt Martin, also, sag mal, brauchst du den noch? Nee, da nimm, sagt Larsen, denkt, jetzt ist auch mal gut. Eins noch, fragt Larsen, da steht er schon draußen: Woher kennst du den Geigenspieler, den hat doch niemand gebracht? Facebook, sagt Martin, wir sind Freunde, da hab ich's gesehen.

3

Verflixte Scheiße, denkt Larsen. Steht draußen, winkt sich ein Taxi, da macht es: Flatsch. Vogelscheiße auf dem Kopf, Taschentücher, immerhin, hat Larsen dabei. Wie oft im Leben scheißt dir ein Vogel eigentlich auf den Kopf? Einmal? Zweimal? Dreimal? Müsste man mal nachschauen, denkt Larsen, schaut im Taxi aufs Telefon. Angeblich, steht da, bringt's Glück. Zum Beweis eine Meldung aus Wellington: Ein Vogel hat einem Neuseeländer auf den Kopf gekackt. Der Mann sah das als gutes Zeichen, kaufte sich ein Rubbellos und gewann prompt über 50 000 Euro. Noch mehr aus der Rubrik: Die verrücktesten Geschichten aus aller Welt: Jungfräuliche Ehefrau verklagt Mann / Känguru läuft Amok / Schwitzender Räuber nimmt Maske ab / Ladendiebin von Fluchtwagen überrollt. Könnte Sie auch interessieren: Syrer sind die unglücklichsten Menschen der Welt.

Spacken-Alarm, denkt Larsen, steckt sein Smartphone in die Tasche und wischt den letzten Spritzer Vogelscheiße von der Jacke. Taubenschiss ist Taubenschiss, von wegen alles Gute kommt von oben, halleluja, leck mich Arsch. Wobei, denkt Larsen, beruhigt sich, ein bisschen Glück jetzt, das wär' gar nicht so schlecht. Martin oder wie der nochmal heißt ruft sicher schon Silke an und verpfeift mich bei ihr. Denk nach, Larsen, Mann, du brauchst 'ne Geschichte, warum bist du da?

Larsen checkt sein Facebook-Profil, verdammte Kacke, der Cousin von Ahmad postet wie wild. Facebook sagt, ich bin grad

in Homs, besuch einen Süßigkeiten-Verkäufer auf irgend 'nem Markt. Verdammt, sagt Larsen. Der Fahrer fragt: Was? Nix, sagt Larsen und würde gern laut brüllen. Er hat vergessen, den Cousin zu briefen. Echt, denkt Larsen, ich bin so ein Idiot, ich muss Ahmad anrufen, der muss das regeln, soll sich was ausdenken, wie ich in Homs gelandet bin auf dem Weg zum IS. Bleibt nur Martin, denkt Larsen, der sieht das doch auch, und dann noch Facebook-Freund, der checkt sofort, dass da was nicht stimmt. Darf ich rauchen?, fragt Larsen. Ausnahmsweise, sagt der Fahrer, aber das Fenster muss auf. Jetzt noch 90 Minuten, dann fährt der Zug. Mir muss was einfallen, denkt Larsen, und das zwar ganz schnell, sonst bin ich am Arsch und die Geschichte mit Leila gleich mit. Macht 18,90, sagt der Taxifahrer. Larsen gibt 25, sagt aus Gewohnheit mit Quittung, steht da mit der Tasche, schaut auf den Zettel, schüttelt den Kopf, knüllt ihn zusammen und schmeißt ihn gleich weg.
Jetzt ein Bier, denkt Larsen, geht zum Kiosk, stürzt es auf ex. Knallt ganz schön, denkt Larsen, müsste öfter eine Pause machen. Kauft gleich noch eins und schlendert zum Gleis, setzt sich auf 'ne Bank, steckt eine an. Okay. Telefon raus, Sachen regeln. Hi Ahmad, listen, erster Punkt auf der To-Do-Liste, check. Dann SMS an Silke: Hallo, war grad bei Dir, bitte NICHT weitersagen, erklär Dir später warum. Bitte sag auch M. Bescheid. Peter. Das, denkt Larsen, frisst die so nie, und prompt kommt die Antwort: ????, sonst nichts. Meld mich morgen, schreibt Larsen, bitte halt die Füße still, ist wichtig. Zeit schinden, mehr ist das nicht, geht zurück zum Kiosk und kauft noch vier Bier, für jedes Fragezeichen eins, hofft, dass das hilft.

4

Im Großraumwagen Richtung Warschau, am Nebentisch sitzen ein Mann und eine Frau. Der Mann sagt: In Syrien zum Beispiel ... und dann hört Larsen nicht mehr hin, setzt sich Kopf-

hörer auf, will nur Ruhe, muss nachdenken, muss schreiben, das Interview mit Abu Mohammad al-Adnani muss raus.
Ich muss mich konzentrieren, denkt Larsen, aber fünf Bier im Kopf sind fünf Bier im Kopf. Könnte ich nur rauchen, denkt Larsen, mehr fällt ihm nicht ein. Von den Arabs, denkt Larsen, könnt man sich da mal 'ne Scheibe abschneiden. Da ist zwar vieles anders, aber Rauchen verboten, das gibt es da nicht. Komm, Larsen, erste Frage, nur die erste, der Rest kommt von selbst. Was war das gerade mit Abschneiden? Das ist doch ein Anfang, Larsen tippt los. Herr Abu Mohammad al-Adnani, wie ist das mit dem Abschneiden von Köpfen? Wie hört sich das an? / Es geht um die Botschaft, die braucht kein Geräusch. / Wieso unterlegen Sie dann Ihre Videos mit Sound? / Sie sind doch Journalist oder sind Sie ein zionistischer Spion? / Vielleicht bin ich beides. / Bei Allah, ich brauch jetzt ein Bier, tippt Larsen, löscht alles, was ist das für ein Scheiß?
Ich kann nicht denken, da kommt nix, Mensch Larsen, vor ein paar Stunden war alles noch klar. Kuhstall auf arabisch: Mubarak, Bademütze: Challebadkapp, mehr spuckt sein Hirn nicht mehr aus. Das ist erbärmlich, denkt Larsen, ich muss klar werden, ich brauch einen Kaffee oder vielleicht doch noch ein Bier, keine Ahnung, was besser ist, runterkommen oder weitermachen, beides 'ne Lösung. Speisewagen suchen – er müsste den Rechner einpacken oder liegen lassen, zu viele Fragen, zurück auf Anfang. Erst mal eine rauchen, am Fenster geht nicht, dann halt ab auf das Klo.
Ist das erbärmlich, denkt Larsen, schließt sich trotzdem ein. WC leuchtet rot, selbst für Langstreckenflüge hat Larsen eine Technik, eine anstecken, ziehen, dann sofort die Spülung drücken, den Kopf über der Schüssel wie beim Kotzen, nur näher dran, den Rauch in den Strudel gehaucht, die Kippe sofort hinterher, braucht 'ne halbe Schachtel für 'ne Dröhnung, immerhin, der Erfolg ist es wert. Im Zug ist es einfacher, Larsen klappt den Klodeckel runter, setzt sich und raucht vor sich hin. Der besoffene Kopf sendet Botschaften, Larsen lässt es geschehen. Wenn

es um Frauen geht, rauscht es, aber manchmal auch ganz generell, denkt Larsen, wär ich gern Arab, da wär vieles klar.
Ich könnte rauchen, wo immer ich wollte, ich wär noch ein Mann, denn ein Mann muss rauchen, so viel ist klar. Die mögen Internet haben, Facebook, Twitter, Snapchat, W-Lan hoch und runter, aber mal ehrlich, sonst sind die doch zwanzig Jahre zurück. Im Guten, nur im Guten, das denkt Larsen, echt, in seiner Sehnsucht nach einem Früher, das es nie gab. Keine Ahnung, wie Frauen früher mal waren, aber anders als heute, logo, denkt Larsen und freut sich über das altmodische Wort. Alles roger in Kambodscha, Pikobello, Ciao Cescu und darauf einen Dujardin, denkt Larsen und noch viel bescheuerteres Zeug. Entweder du bist ein Strecker oder ein Beuger, beides geht nicht, und der Arab an sich, denkt Larsen, ist voll der Strecker, der will noch was, nur meist das Falsche, ist halt doch nicht so einfach, wenn du nur Eier hast und sonst nix.
Aber ich, ich will was, denkt Larsen und fragt sich im selben Moment: Aber was? Erst mal zurück zum Platz, denkt Larsen, schmeißt die Kippe in die Schüssel, drückt: Flush. Ich habe keine Ahnung, denkt Larsen auf dem Weg zurück zu seinem Platz, aber Ahmad, der fragt sich das nicht, der hat Sorgen, echte Sorgen, der braucht keinen Bausparvertrag, Hausratsversicherung, Presseversorgung und was Larsen sonst noch so hat.
Ich sollte das kündigen, denkt Larsen, vielleicht wär ich dann endlich mal frei. Er setzt sich, schaut raus zum Fenster, es wird dunkel, so langsam. Jetzt mal ehrlich, denkt Larsen, hör auf, das zieht mich nur runter, keinen Bock darauf, noch so ein herrlich altmodisches Wort, ach Scheiß drauf, denkt Larsen, ich bin ein Jammerlappen, noch so ein Wort, sing Lieder vom Weltuntergang, hab aber längst all inclusive die Arche Noah gebucht. Dann schläft er ein.

5

Eine Stunde vor Warschau wacht Larsen auf. Immer noch Zeit. Ich muss das Interview fertig machen, denkt Larsen, ich muss zu Leila, ich muss das mit Silke klären, vielleicht in einer anderen Reihenfolge, aber darum geht es jetzt und um sonst erst mal nichts. Wieder aufs Klo. Rauchen? Nein, diesmal nicht, Wasser ins Gesicht, zurück zum Platz und dann geht es los.
Internet-Sticks, immerhin so viel hat Larsen geplant, sind auf Vorrat gekauft. Die Anleitung zur Unsichtbarkeit hat er unter anderem, Ironie der Geschichte, von seinem alten Auftraggeber geklaut. Seit Neuestem auf deren Seite online: Der Schutz unserer Informanten hat für uns höchste Priorität.Wenn Sie vertrauliche Informationen übermitteln möchten, hier ein paar Tipps.
Den Link hat Larsen gleich mit Jürgen geteilt. Betreff: Sag endlich die Wahrheit! Für Dich und Deine Freunde. Die Antwort, keine Stunde später: Lügenpresse, kennt man doch von Dir. Larsen antwortete: Ja, aber ich bin praktisch, theoretische Verschwörung macht Ihr. Danach war Funkstille, aber das war egal, denn der Winter hatte begonnen und für Jürgens Boot war es einfach zu kalt, das hielt selbst der härteste Afghane nicht aus. Scheiß auf Jürgen, es geht längst um mehr als ein paar nette Geschichten.
Ich, denkt Larsen, hol jetzt Leila und dann kommt der Exit. Keine Ahnung wie, aber dann muss Schluss sein, das hier ist echt. Nochmal der Versuch einer Frage: Herr Abu Mohammad al-Adnani, schlafen Sie gut? Ach Larsen, hör auf, das ist doch keine Frage, streng dich mal an. Herr Abu Mohammad al-Adnani, tippt Larsen: Sind Sie es wirklich? Ha, denkt Larsen, das ist ein Auftakt, so mach ich weiter, schaut auf seine To-do-Liste, Interview, Leila, Silke, macht hinter Interview einen Haken, so soll es sein.

6

Eigentlich mag Larsen Bahnhöfe, aber den mag er nicht. Grauer Boden, graue Decke, graue Pfeiler, dazwischen Glas und draußen die Nacht, rabenschwarz. Osten, denkt Larsen, und schaut auf die Uhr. Der Flug, das denkt Larsen zumindest, geht 1.05 Uhr in der Nacht. Drei Stunden hat er noch. Er bräuchte jetzt ein Taxi und ein Bier bräuchte er auch. Wenn Larsen anfängt, dann fängt er an. Er kann auch gut aufhören, aber anfangen ist besser.

Einen Monat kein Alkohol, seinetwegen auch länger, das ist für ihn bloß ein Klacks. Verzichten, worauf auch immer, selbst Zigaretten, das fällt ihm nicht schwer. Aber ist einmal der Stöpsel gezogen, dann geht es los.

Sie sind ein Typ der Extreme, meinte einmal ein Psychologe zu ihm, aber: Sie sind eine ehrliche Haut, dabei log ihm Larsen direkt ins Gesicht. Larsen, sagte der Psychologe, Sie haben doch Angst, da hab ich doch Recht? Larsen nickte und sagte: Ja, Herr Doktor, Sie ham mich erwischt. Ist genehmigt, sagte der Psychologe, so ein alter, ausgemusterter Typ, wie man sie massenhaft findet im Umfeld von Organisationen, die Menschen in Afrika retten, aber auch eben solche von zu Hause, die eine Aufgabe suchen oder den Sinn. Die alten Militärs, mit Mitte vierzig in Rente, brauchen beides, sind vergleichsweise billig und pflegeleicht vor allem, weil lebenslänglich zu Befehlsempfängern geschult.

So einer war das, der vor Larsen saß und sagte: Larsen, wegen mir können Sie fahren. Danke, sagte Larsen, ich werde Sie nicht enttäuschen, log schon wieder, dabei war der Termin an sich gar nicht doof.

Wie viele hatte er scheitern sehen, sie saßen nach drei Tagen wieder im Flugzeug, waren fertig mit der Welt und durch und durch einfach nur durch. Die Redaktionen freilich interessierte so was nur wenig, die schickten raus, wer nur wollte, aber ganz am Anfang seiner Karriere nahm Larsen in Ermangelung von

Alternativen den Auftrag einer Hilfsorganisation einfach mal an. Und die kümmerten sich, zumindest am Anfang, was nach der Rückkehr geschah, ging auch die nix mehr an, egal was du jetzt da draußen gesehen hast oder auch nicht. Der Wärter, den es zu überwinden galt, bevor überhaupt was passierte, war der Militärpsychologe, ohne sein Go ging überhaupt nichts. Was denken Sie?, fragte der Larsen zum Abschied, und Larsen sagte: Asterix bei den Schweizern. Das, sagte der Psychologe, versteh ich jetzt nicht. Erst verhauen wir sie, dann verbinden wir sie, sagte Larsen. Interessant, sagte der Psychologe, sehr interessant, und Larsen, damals noch Mitte zwanzig, dachte: Mann, ist das schlecht. Er betrank sich eine Woche in Kabul im Club L'Atmosphère, savoir-vivre mitten im Krieg. Es gab eine zweischleusige Sicherheitskontrolle zwischen mannshohen Sandsäcken, Körperkontakt mit stinkenden afghanischen Sicherheitskräften, aber warst du da erst mal drin, floss der Chablis, im Pool tümmelten sich Mitarbeiterinnen norwegischer Hilfsorganisationen, neben der Bar knisterte der Kamin, und das Leben, man kann es nicht anders sagen, war schön.

Am Abend seiner Rückkehr schrieb er für die Öffentlichkeitsabteilung der Hilfsorganisation ein paar schöne Worte und machte ein Schleifchen darum.

Es ging um irgendwas mit Frauen und Trauma, es war egal, denn es passte ins Bild, ist ja nur Öffentlichkeitsarbeit, dachte Larsen, aber da fing es an.

Für seine Arbeit kam Lob von allen Seiten, selbst Kollegen sagten nach seiner Rückkehr: Respekt! Und Larsen dachte: Hä? Die Geschichte ist totaler Bullshit, ich hab außer der Bar in Kabul nix gesehen. Klar, ich war dort, der Rest ist Ali Baba, und ihr flippt jetzt aus? Er saß auf einem Kinderspielplatz, als er das dachte, es beruhigte ihn, es war so herrlich normal, keine Hubschrauber kreisten, nirgends ein Überwachungsballon der Amerikaner, da waren einfach nur der Himmel, eine Schaukel, ein Sandkasten und eine Tischtennis-Platte mit Graffiti besprüht.

Larsen war alleine, saß auf der einzigen Bank, da kam eine Mutter mit Kinderwagen, gab dem Kind eine Reiswaffel, sagte: Hier Lukas, iss, lecker Keks.

7

Im Taxi zum Flughafen. Jetzt bloß nicht reden, denkt Larsen, sonst fängt der Fahrer auch an, gibt nichts Schlimmeres als Dialoge mit Taxifahrern. Doch, Geschichten darüber, das toppt es noch, und zwar gewaltig, Larsen könnte kotzen, so schlecht war seine Kolumne »Taxi Tripolis«, jeden Tag ein fingiertes Gespräch über die libysche Lage und trotzdem; zu Hause haben es alle geliebt, rechte Spalte, Seite 4, ein illustriertes Taxischild, dahinter ein Halbmond, damit es auch der letzte Depp noch versteht, darunter »von PETER LARSEN« in Bold, und dann zwei Monate lang, Tag für Tag außer sonntags 1531 Zeichen, Beobachtungen, die keiner gemacht hat, schon gar nicht Larsen, aber egal.

Ich hab grad andere Sorgen, denkt Larsen, welche noch mal?, Scheiße, ich werde hektisch, das ist echt nicht so gut. Bleib ruhig, denkt Larsen, atme mal ein und dann wieder aus. Wo ist die To-do-Liste? Da steht alles drauf. Hinter Interview ist ein Häkchen, aber, denkt Larsen, hab ich es auch schon geschickt? Das Display des Telefons beleuchtet Larsens Gesicht.

Könnte er es sehen, müsste er zugeben: Scheiße, bin ich fertig. So denkt er: Es geht mir ganz gut. Die Mail nach Damaskus ist noch nicht draußen. Besser so, denkt Larsen, sieht im ersten Absatz des Interviews fünf Tippfehler am Stück. Sollte ich noch korrigieren, aber vielleicht gerade nicht, bevor ich da jetzt noch mal rübergeh, außerdem, denkt Larsen, die bearbeiten das eh, entscheidet sich für kurze Ausrede am Anfang der Mail: Sorry, bin unterwegs, weiß nicht wie lange noch online, Rohfassung anbei, Schnelle Grüße an alle. P., das macht er sonst nie, für den ganzen Peter muss eigentlich Zeit sein, egal was passiert.

Klar, aber jetzt wird es besonders, denkt Larsen, ich hol Leila und dann wird alles anders. Natürlich besser, für sie, für mich, vielleicht gehen wir ja einfach nach Frankreich, ernten Oliven, oder nach Italien, machen dort Wein, oder andersrum, trinkt Leila eigentlich Alkohol? Ich hab das noch gar nicht gefragt, denkt Larsen. Selbst wenn nicht, hör ich halt auch auf, warum eigentlich nicht?

Mag Leila Kinder? Mag ich eigentlich Kinder? Was erwartet sie von Deutschland? Was erwartet sie von mir? Wahrscheinlich gar nichts. Bin ich für sie nur der nette Onkel aus Deutschland oder vielleicht doch etwas mehr? Klar, sie lacht immer, wenn wir uns auf Skype sehen, aber mal ehrlich, Peter, wir haben uns über Organisatorisches unterhalten, wo wir uns treffen und wann, wer den Pass macht und wie wir uns nach Antalya durchschlagen, aber war da auch mehr? Ach halt doch dein Maul, klar war da mehr, denkt Larsen, allein ihr Lachen, so was kann man nicht faken, das war, das ist alles echt. Und hat sie nicht mindestens zehn Mal gesagt: Peter, you are so sweet! Und das letzte Mal, als klar war, dass ich jetzt komme, da hat sie per Skype ein Herz geschickt, nein wirklich, da ist auch bei ihr was, das ist so was von klar.

Draußen rauschen schon wieder Platten vorbei, man sieht nur die Lichter hinter den Fenstern, könnte auch Libyen sein jetzt oder Amman, drei Zimmer für jeden, war mal gar kein so schlechter Plan. Aber wer weiß, wie es dahinter ausschaut, ob zehn Leute hinter einem Fenster wohnen oder nur zwei. Oh Mann Larsen, dein Kopf labert Quatsch, du musst dich konzentrieren. Er schaut auf den Zettel, das Krickelkrackel unter Interview beginnt mit ’nem S. Wie Silke, die muss ich verarzten, die braucht jetzt ’ne Pille, am besten sofort.

Wie lange noch?, fragt Larsen den Fahrer, denkt: Scheiße, jetzt red ich ja doch. 15 Minuten, sagt der Fahrer, in astreinem Deutsch. Danke, sagt Larsen, dann ist wieder Ruhe, der ist in Ordnung, denkt Larsen und schickt Silke eine Textnachricht: Hast du Festnetz? Falls ja, schick mir die Nummer, schreib die

Zahlen aus, bloß keine Ziffern, ich meld mich dann bald. Und das aus einem Taxi in Warschau, mitten in der Nacht, konspirativer geht nicht, und James Bond, denkt Larsen, ist mein Kollege, wenn nicht sogar Freund. Welches Gate, fragt der Fahrer, wir sind jetzt gleich da. Keine Ahnung, sagt Larsen, 1.05 Uhr Moskau, mehr weiß ich nicht. Darf ich mal sehen?, fragt der Fahrer, setzt den Blinker und hält am Straßenrand rechts. Moment, sagt Larsen, zieht den Ausdruck aus der Klarsichtfolie und reicht ihn nach vorn. Guter Mann, sagt der Fahrer, Sie haben sich vertan. Der Flug geht erst morgen Mittag, hier steht 1.05 und dahinter pm. So eine Scheiße, sagt Larsen, kurz ist Ruhe, nur der Blinker klackt, dann fragt der Fahrer: Und jetzt? Ist mir egal, sagt Larsen, Hauptsache Bier, ein Zimmer, vielleicht was zu essen, und alles schnell. Da kenn ich was, sagt der Fahrer, setzt den Blinker links, legt einen U-Turn hin, und dann geht es zurück in die Stadt.

8

Wie immer beginnt alles ganz harmlos. Es hat angefangen zu schneien, Larsen sitzt drinnen, in der Gaststube, der Rechner bleibt auf dem Zimmer und das Telefon auch. Larsen sitzt nur da, schaut nach draußen, keine Spuren im Schnee. Am Anfang seiner Karriere hat Larsen mal einen Skispringer interviewt. Der Skispringer war einmal der beste der Welt. Dann, ganz allmählich, von Sprung zu Sprung, kam ihm sein Gefühl abhanden, einfach so. Er machte jeden Sprung fast gleich, nur minimal anders, und flog von da an zu kurz. Der Springer wusste das, erklären konnte er es nicht. Es gibt keine Worte dafür und wenn, dann klingen sie platt. Larsen fragte und fragte nach dem Warum, immer wieder, am Schluss sagte der Springer: Du spürst den Aufwind, aber du fühlst ihn einfach nicht mehr.

9

Am nächsten Morgen beginnt Larsen zu zweifeln. Vielleicht ist es das Wetter, nass und grau, vielleicht ist es der erste Kater seit langem, hart und unnachgiebig, es wäre ein leichtes nicht aufzustehen, einfach liegen zu bleiben, Handy aus, es weiß sowieso keiner, wo er grad ist, einfach mal Ruhe, sonst nichts. Das Bettlaken, selbst nach einer durchschwitzten Nacht, riecht immer noch frisch, weiß und gestärkt, eine Handbreit Daunen zwischen sich und dem Draußen, da mag die Wand noch so altrosa leuchten, Larsen kommt einfach nicht hoch. Er kennt das von früher, aber da ging es um nichts. Er konnte wo anrufen und sagen: Sorry, hab Grippe, hab Magen, hab Kopf, heute geht einfach nichts.

Er war nie krank, vielleicht ein bisschen Schnupfen, einen Anflug von Husten, mehr nicht, aber die Tage im Bett, um 10 Uhr Glotze an, um 12 Uhr Pizza, um 14 Uhr das erste Glas, danach schlafen und das drei Tage am Stück, das, denkt Larsen, danach wäre mir jetzt, echt.

Es ist 8 Uhr morgens, das geht nicht, denkt Larsen. Leila wartet, Silke braucht ’ne Erklärung und überhaupt geht der Flug. Larsen streckt die Hand aus, nun das Telefon auf dem Bauch, er atmet, sieht den Hörer auf der Decke, wie er sich hebt, wie er sich senkt. Er tippt die Nummer, Roomservice am Morgen, Frühstück aufs Zimmer, immerhin das gönnt er sich. Zehn Minuten später, sogar geduscht schon, mit Kaffee im Bett. Wäre es wirklich so schlimm?, denkt Larsen. Auf ein, zwei oder drei Tage kommt es nicht an. Er greift zum Hörer, lässt sich verbinden, bucht den Flug um, zieht die Decke über den Kopf und schläft bis mittags um fünf. Larsen wacht auf und denkt immer noch. Leckt mich, ich kann echt nicht mehr.

10

Das Zimmer ist ganz oben, fünfter Stock, und obwohl Warschau, Polen, Rauchverbot!, das dann doch schon. Larsen krabbelt auf das Fensterbrett, öffnet die Dachluke, hängt den Oberkörper raus und steckt eine an. In der Dachrinne Kippen und Kronkorken, er ist nicht der Erste, ganz offensichtlich. Zum Greifen nah, das Zimmer gegenüber, gerade mal einen Meter entfernt. Larsen sieht eine Frau, sie sieht fern und lackiert sich die Nägel. Wenn ich mich da draußen hinlege, denkt Larsen, könnte ich ans Fenster klopfen, vielleicht macht sie auf. Er schaut dann 15 Meter nach unten, sieht Mülltonnen im Hinterhof, denkt, ich könnte auch abstürzen, und ist kurz unentschlossen, was besser wäre. So oder so, ein großer Auftritt, denkt Larsen, drückt die Kippe in der Rinne aus, kriecht zurück in sein Bett. Kurz kichert er, kuschelt sich ein, wann, denkt Larsen, hatte ich es zuletzt so gemütlich?

Immer wieder, auf Reisen, genoss er den Moment, wenn alle dachten, er säße in der Scheiße, um ihn herum Bomben, dabei war es im Hotelbett immer mehr als nur nett. Er musste was liefern, aber darüber hinaus gab es keine Verpflichtungen, schon gar keine sozialen. Er bestellte Clubsandwich aufs Zimmer und im Fernsehen lief CNN oder irgendein Prediger mit englischen Untertiteln, auch die schaute Larsen ganz gern. Die Gestik, die Mimik, die Lautstärke der Predigt legten stets nahe, es geht ums Köpfeabhacken, Händeabschneiden, Dschihadzeugs eben, aber wenn du die Untertitel liest, ist es fast rührend harmlos. Bei Allah, es geht um Mülltrennung, Fragen der Liebe und um gutes Benehmen ganz generell.

Larsen schaltet den Fernseher an, nur Clubsandwich haben sie nicht. Er bestellt polnische Wurstplatte mit Kraut und dazu noch drei Bier. Wie immer ist Larsen nervös, bis der Roomboy kommt, läuft im Zimmer auf und ab. Dieser Einbruch ins Private und du weißt nicht genau wann, ist Larsen immer ein Graus. Vor allem wenn du länger im Hotel wohnst, denkt Larsen, dann ist das schlimm. Ahmad war die Ausnahme, wenn er blieb, hatte Larsen das gern. Aber es gab auch die anderen, die, wenn du länger bleibst, aufhören dich als Gast zu respektieren, die das Essen bringen, sich aufs Bett setzen und fragen: Cigarette, Sir? Okay if I smoke? Aber in Warschau, mitten im Dezember, zweite Nacht erst, hatte Larsen nichts zu befürchten. Die Würste kamen, Larsen gab Trinkgeld, der Roomboy ging. Es dauerte ein Bier lang, da begann Larsen zu denken: Schon komisch, gestern Morgen war alles so klar: Pass besorgen, zu Leila fliegen, und jetzt häng ich hier und fühl mich zum ersten Mal seit langem alles in allem recht wohl.

11

Und was, denkt Larsen, als er am nächsten Morgen aufwacht, und was, wenn Leila doch nicht die ist, für die ich sie halte? Daran darf ich nicht denken. Er umklammert seinen Penis fest mit beiden Händen, eine über der anderen, wie damals als Kind. Er lässt die Badewanne einlaufen, bestellt zum zweiten Mal Frühstück aufs Zimmer, immerhin kein Kater heute, das dritte Bier ist noch zu. Auch Baden ist ein Luxus, den er sich zu Hause nie gönnt. Larsen duscht sonst nach dem Frühstück und das auch nur kurz. Irgendwann, denkt Larsen in der Wanne, sollte ich wieder auftauchen. Er schiebt seinen Kopf Richtung Füße, unter Wasser, hält mit den Fingern der rechten Hand die Nasenlöcher vor dem Abtauchen zu, zieht mit dem Zeh den Stöpsel, bleibt liegen, sieht Schaum auf der Brust, spürt Wasser versickern im Ausguss, ein Kräuseln unter dem Po, Gänsehaut am ganzen Körper, dann die Entscheidung: Jetzt eine eiskalte Dusche und danach geht es los.

12

Larsen schaltet das Telefon an, den Rechner erst einmal nicht. Zehn verpasste Anrufe, alle von Silke. Woher, denkt Larsen, hat die denn die Nummer? Die kennt doch nur Ahmad. Dann fällt es ihm ein: die SMS. Scheiße. Oh Mann, denkt Larsen, jetzt brauch ich auch noch 'ne polnische SIM. Sie haben vier neue Nachrichten, sagt die Mailbox und Larsen wählt dreimal die Drei. Erst Ahmad: Peter, where are you, please call me back! Dann Silke, nur ein Oh Mann, danach legt sie auf. Nochmal Ahmad: Peter, please, call, it is urgent, or just check your mail. Und zum Schluss nochmal Silke: Peter, ich sag jetzt einfach mal was: Ruf mich nie wieder an!

Irgendwas muss passiert sein, denkt Larsen. Sitzt da im Hotelbademantel, die Haare noch nass, legt den Rechner auf die nackten Schenkel, drückt den Startknopf, spürt die Elektrizität, hat eine Ahnung, dieser Martin, der so aussieht wie ich, der hat mich verraten, aber dem werde ich es zeigen. In drei, vier Tagen bin ich tatsächlich in Syrien, soll er mir erst mal beweisen, dass das nicht immer so war. Aber, Ficken 2000, denkt Larsen, die bekloppten, scheiß waagerechten Linien des Mailfachs im Blick, in der Betreff-Leiste, alles von Ahmad weitergeleitet, Wörter wie Medienskandal, Fälscher-Affäre, IS-Sprecher, Peter Larsen und untergetaucht. Larsen, eine Übersprungshandlung, ganz sicher, beißt sich in den Arm. Sieht den Abdruck seiner Zähne, beißt gleich nochmal nach, schmeißt den Rechner aufs Bett, rennt ins Bad. Will kotzen, kann nicht, brüllt so laut er nur kann. Eigentlich müsste er jetzt rauchen, aber selbst das kann er nicht. Ich muss das lesen, ich muss verstehen, was passiert ist, denkt Larsen, aber ist unfähig, den Cursor zu bewegen, die Hand zittert zu sehr. Ich bin am Arsch, brüllt Larsen, sie ham mich gefickt, aber wie? Aber wie? Larsen versucht, einen der Links zu öffnen, da kackt auch das WLAN noch ab.

Er geht zur Minibar, trinkt drei Whiskey-Fläschchen auf ex, erst danach fällt ihm ein, klarer Kopf wär garantiert besser. Zu spät,

denkt Larsen, und schüttet den verbleibenden Wodka gleich hinterher. Wo lernt man so was eigentlich, denkt Larsen, Problem, dann Schnaps, dann Kippe, ist wie im Film, der einsame Cowboy, der gleich an der Bar noch versackt.
So mach ich das, denkt Larsen. Er schaut auf die Uhr, ist noch nicht einmal elf. Ruhig bleiben, denkt Larsen, lösungsorientiert arbeiten. Sucht das Heft, in dem alles steht, findet im Nachttisch eine Bibel, auch das könnt was sein. Schlägt irgendeine Seite auf, schlägt sie zu ohne zu lesen, denk nach Larsen, du brauchst die Info-Broschüre, aber für was nochmal gleich? Auf dem Schreibtisch, neben dem Briefpapier, schmutzabweisend in Folie geschweißt, liegt sie, Nummer Roomservice, Wäscheservice, es ist alles da. Und jetzt beim Lesen, da fällt es ihm ein. Öffnungszeiten Hotelbar, ab 11.30 Uhr, geht schon bald los. Das habe ich geklärt, jetzt geht es weiter. Erst WLAN deaktivieren, dann wieder aktivieren, meistens hilft das ja schon. Wenn nur alles so einfach wäre, und ja, diesmal hat er Erfolg, dunkle Balken, die Pyramide rechts oben auf dem Desktop steht Kopf. Stabile Leitung, labiler Larsen glotzt auf den Schirm, beginnt zu begreifen, was gestern passiert ist, da lag er noch selig im Bett. Die haben sein Interview mit dem IS-Sprecher gebracht, samt Larsens Überschrift, an Dämlichkeit kaum zu überbieten: »Ich liebe die Frauen, deshalb habe ich ja vier.« Larsen überfliegt das Interview, denkt, das ist ja gar nicht so schlecht, merkt, dass sie in der Redaktion einiges umgestellt haben, selbst Antworten liest er, die er nicht kennt. Nicht, dass das neu für ihn wäre, da wird halt im Sinne der Klickzahlen gepimpt. Nein, was Larsen, was der Redaktion das Genick bricht. Der scheiß IS-Sprecher ist seit zwei Wochen tot. Selbst seine Zeitung hat die Meldung damals gebracht, getötet von einer Drohne, wahrscheinlich amerikanisch. Scheiße, denkt Larsen, warum habe ich das verflixt nochmal nicht überprüft?
Larsen wird schwindelig, draußen läuten Kirchturmglocken, oder bilde ich mir das alles nur ein? Was ist echt? Was ist Fälschung? Die Mails, die Links von Ahmad, was Google gerade

zu Peter Larsen ausspuckt, scheint schon mal wahr. Hätte ich es nur mal eine Nummer kleiner gemacht, Interview mit einer geilen Peshmerga-Mutti, so was in der Richtung, wenn die verreckt, das interessiert keine Sau. Hauptsache, sie lächelt davor noch in die Kamera, die MG im Anschlag, aber vor allem ein bisschen dreckig geschminkt, mit der wollen alle im Graben liegen, die letzten Stunden Schulter an Schulter mit ihr, so sexy ist Krieg. Aber ich Depp, denkt Larsen, denk mir so einen bärtigen Mullah aus, und dann verreckt der Depp noch. So, denkt Larsen, jetzt mal durchatmen, nachdenken: Was ist eigentlich grad schon passiert? Ich bin aufgeflogen, die Frage ist nur: Wie weit? Oder sagt man wie hoch? Hör auf mit den Spitzfindigkeiten, denkt Larsen, du musst jetzt nachdenken, blöd nur, dass so langsam der Whiskey wirkt. Oder ist es der Wodka? Noch so eine bescheuerte Frage, die grad keinem hilft. Also, sagt Larsen laut, ein Schritt nach dem anderen, erst mal rasieren, dann anziehen, Normalität vortäuschen, danach runter an die Bar, ein Clubsandwich, meinetwegen auch nochmal die Wurstplatte und dazu ein, zwei Bier, hoffentlich haben die Internet da unten, weil das brauch ich, ganz sicher, muss garantiert ein paar Sachen regeln. Vielleicht aber auch nicht, egal, mit ist besser, so viel ist klar.

13

Blöde Strahler an der Decke, die Barhocker beige überzogen, kein Tageslicht, das ist doch schon was. Das kennt Larsen aus Islamabad, da haben sie während des Ramadans den Frühstücksraum verdunkelt, dass man auch nach Sonnenaufgang noch frühstücken konnte. Hier geht es eher darum, vor Sonnenuntergang schon trinken zu können, hat beides irgendwie mit schlechtem Gewissen zu tun, denkt Larsen. Klappt den Rechner auf, schiebt den riesigen Aschenbecher auf dem lila Deckchen zur Seite und überlegt, was er trinken soll. Einen

Kaffee, denkt Larsen, das wär mal ein Anfang, und stellt per Facebook eine Verbindung nach Damaskus her. Hi Peter, schreibt der Cousin von Ahmad, no, I did not receive any mail from your newspaper. Larsen denkt, das kann doch nicht sein, die müssen mich doch grad hassen, wieso reagieren die nicht? Auf Skype eine Nachricht von Leila aus Damaskus: Hi Peter, where are you? I am waiting, it's getting worse here. When do we meet in Homs? Yours Leila. Larsen will Skype schon wieder schließen, da entscheidet er sich doch schnell zu antworten: Don't worry. I am on my way. Stay safe. Yours Peter, will schreiben Kiss, aber löscht das gleich wieder, drückt senden, da kommt eine Mail von Ahmad, der erst fragt, wie es ihm geht, und dann wissen will, was sie jetzt mit dem ISIS-Tunnel-Video machen sollen, das sie kurz vor Larsens Abfahrt gedreht haben.
Nix, will Larsen antworten, erinnert sich aber an den ganzen Aufwand, drei Tage haben sie gebuddelt im märkischen Sand, bis sie ein Loch gehabt haben, groß genug, dass zwei Männer drin verschwinden. Die Innenaufnahmen waren einfach, Larsen kennt einen Künstler, der immer Geld braucht, der baut Skulpturen zum Reinklettern, das meiste Fetisch-Zeug aus Latex, manchmal aber auch Erd-Skulpturen aus Lehm, die Kamera rein, dann von hinten filmen und einmal von vorn, ein bisschen schneiden, ein bisschen Ton mit Arabisch, mehr braucht es nicht. Eine Woche Arbeit trotz allem, zu schade zum Wegschmeißen, aber die Redaktion nimmt nix, so viel ist klar. Put in on Facebook, schreibt Larsen, hofft, dass das ablenkt, wovon überhaupt? Ach egal, denkt Larsen, ich muss jetzt weitermachen, was bleibt mir schon übrig? Er füttert Google mit Stichwörtern, will suchen, wie hart es ihn trifft, öffnet die erste Seite, ganz oben, Eilmeldung, rot unterlegt: Anschlag in Deutschland, Tote und Verletzte! Yes, denkt Larsen, perfektes Timing, ich bin aus der Schusslinie, das rettet mir erst mal den Arsch.

14

Und dann macht Larsen, was er genau jetzt für das Richtige hält. Sich bewegen. Wenn man zu lange an einem bestimmten Ort bleibt, wird es gefährlich, hat er gelernt, hat er sich zumindest erzählen lassen, damals in Libyen. Wenn die Deckung wegbricht, bist du hinüber. Bamm, and then you are a target!, hat einer der Amis an der Hotelbar gesagt. Larsen braucht Frischluft, geht raus, denkt, es war noch nie so einfach, das Bild eines Terroristen zu zeigen, Ahmad von hinten, das müsste doch gehen. Hör auf, Larsen, du hast jetzt andere Sorgen. Es ist immer der Schmerz eines anderen, solange es dich nicht trifft, bist du am Leben, aber Scheiße, denkt Larsen, es hat mich getroffen und wie. Ich bin am Arsch, trotz der Zeit, die ich gewonnen habe, ich bin voll im Visier.

Es wird lange dauern, bis ich wieder normal bin, einer von vielen bin ich wahrscheinlich nie wieder. Was immer man tun muss, um eine Minute länger in der Masse abtauchen zu können, ich würde es tun. Larsen stapft durch Schnee, die Schritte knirschen, wenn er weiß ist, bei braunem Matsch macht es flatsch. Ab jetzt, denkt Larsen, geh ich in die Gegenrichtung. Das ist kein normales Leben mehr, aber wollte ich das je? Klar, irgendwann gab es den Traum, den Wunsch, die Realität ändern zu können. Diese Idee einer Aufgabe, die dunkelsten Ecken mit dem, was ich tue, ausleuchten zu können. Preisfrage: Ist die Arbeit eines Journalisten weniger wert als die eines Soldaten? Bescheuert! Irgendwann hat Larsen mal gedacht, das muss ganz am Anfang gewesen sein: Wenn du die Politik änderst, hast du deinen Job gemacht. Haha. Wann hat sich die Politik schon wirklich durch Journalismus geändert? Also zum Guten? Gib mir zehn Millionen und ich stürze jedes Regime.

Hätte ich nicht viel einfacher Geld verdienen können?, denkt Larsen. Sieht da vorne hinter der Ampel einen Park, sogar die Sonne kommt raus. Kinder fahren Schlitten einen kleinen Abhang hinab. Kein Klima der Angst nirgends, wenn man ehrlich

ist, dann müsste man zugeben: Mexiko ist sowieso tausendmal gefährlicher als Irak, Libyen, Syrien oder was weiß denn ich. Journalisten sind nach Resolution 1738 der Vereinten Nationen Zivilisten, wer also einen Journalisten tötet, begeht einen Mord, nur wen interessiert das schon? Falsche Zeit, falscher Ort, ob nun mit Kamera um den Hals oder ohne, denkt Larsen, kalkulierbare Risiken, da lach ich mich weg.
Larsen schiebt mit der rechten Hand den Schnee von der Lehne einer Bank, setzt sich, den dünnen Balken unterm Hintern, Füße auf der Sitzfläche. Steckt eine an, das Streichholz erlischt im Schnee und macht zisch. Eine Krähe kommt an, schaut nach, was da liegt. Im ersten Artikel, den Larsen je schrieb, Praktikum Lokalzeitung, ging es um Krähen, eine Tiergeschichte pro Woche und der Redakteur sagte: Peter, das ist was für dich. Von damals weiß Larsen: Jetzt, da sie vor ihm sitzt, die Krähe, zwischen ihnen nur das Streichholz im Schnee, die kennt ihn jetzt, noch überlegt sie, ist Larsen Freund, ist er Feind. Ein Stück Brot jetzt und die Sache wär geritzt, sie würde krähen und jeder im Schwarm weiß, Larsen ist Freund. Krähen sprechen. Sie haben die Fähigkeit, Informationen über Generationen weiterzugeben. Sie lernen. Verhalten wird durch Beobachten gelernt, nicht durch Erfahrung. Schon damals, als er das recherchiert hat, dachte Larsen lapidar, so do I. Kennzeichen einer besonderen Intelligenz, nicht mit mir, denkt Larsen, ich bin bauernschlau, war ich schon immer. Von wegen kulturelle Evolution, nicht ich behalte die Krähe im Auge, die Krähe mich, so wird ein Schuh daraus. Papageien haben ein größeres Gehirn, Experimente durchführen können sie nicht. Krähen sind fürsorgliche Eltern, mehr oder weniger monogam, die elementare soziale Einheit ist die Familie, sie hält Ausschau nach Räubern, die ihr Schaden zufügen könnten. Die Erinnerung etwa an eine Hand, die dich schlägt. Larsen hebt den Arm.
Die Krähe überlegt, ob sie einen Fluchtversuch wagen soll, das Leben auf dem Boden ist Risiko. Wann sich bewegen, wann auf keinen Fall? Es ist doch so, denkt Larsen, verbale Signale ent-

scheiden über Leben und Tod. Krähen haben verschiedene Warnrufe, für Katzen, für Habichte, für Menschen natürlich. Sich Veränderungen auf ungewöhnliche Art und Weise anpassen, darum geht es, Krähen haben durch ihre Flexibilität einen Vorteil, so ist es nun mal, du lebst mit der Situation, in der du drin bist. Dann steht Larsen auf, die Krähe fliegt davon. Die, denkt Larsen im Gehen, ist jetzt wütend. Sie dachte, es würde jetzt endlich mal was passieren, aber es war wahrscheinlich wie immer, wenn sie mit dem Rücken zur Wand stand, sie dachte nach, sie konzentrierte sich, aber wenn sie ehrlich zu sich war, diese komische Krähe, nur dieses eine Mal, dann wusste sie, dass alles mal wieder nichts wird. Es war genau, wie sie befürchtet hatte, sie bricht die Bewegung in allerletzter Sekunde schnell ab. Scheißkrähe, denkt Larsen. Du musst nur glauben an das, was du tust. Blöd nur, wenn man, wie ich, an nix glaubt. Dann bewegt Larsen sich weiter, denkt noch, mal schauen wohin.

15

Der Entschluss, draußen im Schnee, kommt schnell. Scheiß auf Warschau, Scheiß auf den Umweg über Russland, wenn, dann haben sie mich jetzt eh an den Eiern, ich hol jetzt Leila so schnell es nur geht. Auf dem Weg zurück, Schneematsch an den Füßen, sozialistisches Grau um ihn rum, die Straßenlampen um vier Uhr mittags längst wieder an, drückt Larsen auf das Kamerasymbol im Telefon, öffnet das letzte Bild von Leila, das sie ihm geschickt hat, sieht ihr blondes, fransiges Haar, ausgewaschene Jeans, Löcher am Knie, schwarzes Top, vielleicht ein Body, rückenfrei, farbiges Stoffband am Handgelenk, über den Schultern die Träger eines BHs mit goldener Spitze.
Leila ist sicher älter, wie alt, hat Larsen sie noch gar nicht gefragt, doch sie sieht aus wie die Mädchen, in die er sich mit 17 verliebte. Und Ahmad, denkt Larsen, sieht aus wie der Typ, der

die Mädchen damals bekam. Groß, dünn, lange dunkle Haare, früher trug so einer Pferdeschwanz, heute 'nen Dutt, früher nachlässig rasiert, heute Vollbart, die dunklen Jeans, das Unterhemd im Sommer, das randlose, ausgewaschene Sweatshirt darüber im Winter, blieb gleich. Eigentlich, denkt Larsen, müsste Leila auf Ahmad stehen und Cousin und Cousine, das ist bei denen doch wahrscheinlich normal.

Hör auf, denkt Larsen, jetzt mach nicht noch das Letzte kaputt, scheiß Berufskrankheit, hör auf zu zweifeln, du Depp. Das ist alles richtig und so wie es soll! Ahmad ist mein Freund, wahrscheinlich der Einzige, den ich noch hab. Wenn ich dem nicht vertraue, wem dann? Und Leila ist Leila, vielleicht will sie mich nicht, aber sie will auf jeden Fall nach Deutschland, mehr ist da nicht zwischen denen.

Beim Packen, im Hotel, dann doch der Blick in den Spiegel. Khaki-Hosen, Bügelfalte, wie immer auf Reisen, das Hemd aus der Reinigung, sauber und glatt, die Haare an der Seite rasiert, die Brille, dezent, schwarzer Rahmen, Bart ja, leichter Bauchansatz, irgendwie etwas aufgeschwemmt, dem Alter entsprechend. 'ne richtige Schönheit, denkt Larsen, bin ich ja nicht, das letzte Mal, als er sich attraktiv fand, war damals in Syrien bei Ahmad, drei Jahre ist das jetzt her.

Peter Larsen stand am Rande einer Wüste und wartete auf die Sonne, die sich eigentlich längst hätte blicken lassen sollen. An seinen Schuhen roter Sand, der sich in die Sohle reinfraß, von Tag zu Tag mehr. Aus dem Weiß der Sohle war in wenigen Wochen Rosa geworden, er dunkelte mit Larsens Teint um die Wette. Gestern war der Tanklaster gekommen. Mehr war schon lange nicht passiert. Am Anfang hatte er noch jeden Morgen Liegestütze gemacht, aber schon nach ein paar Tagen ließ er es sein, saß mit Ahmad zu Hause, wartete auf Strom, der mal kam und dann wieder nicht, über dem Waschbecken hing ein Rasierspiegel mit Sprung, und auch wenn Larsen sich schon lang nicht mehr rasiert hatte, mochte er den Blick in sein Gesicht beim Vorbeigehen sehr gern. Vielleicht, denkt Larsen, vielleicht, hofft Larsen, wird es schon bald wieder so sein. Dann packt er die Tasche, begleicht die Hotelrechnung, natürlich in bar, fährt zum Flughafen, nimmt diesmal den Bus.

16

Die Verantwortung der Gesellschaft gegenüber, die Fahrkarte in der Hand, sitzt Larsen im Bus, dunkel huschen draußen Menschen durch den Schnee. Schatten, denkt Larsen, erinnert sich an den letzten Schnee in Berlin, wie er im Umland mit Ahmad im Wald auf der Lauer lag und auf den Waldkindergarten wartete. Kinder im Schnee auf der Flucht durch den Wald, muss man es erwähnen?, im Land von Hänsel und Gretel war das für einen wie Larsen süßer als Lebkuchenhäuser en masse.
Selbst die Pause der Kinder, mit ihren kleinen Thermoskannen, am Morgen von den Prenzlauer-Berg-Muttis artig mit Tigerententee gefüllt, war ein Take, der sich prima verkaufte. Larsen musste nur die Kamera auf unscharf stellen, Ahmad brabbelte was auf Arabisch, und danach filmten sie in einem Berliner Hinterhof für den Preis eines Überraschungseis die nackten Füße des Nachbarkindes in Nahaufnahme im Schnee.
Klar, das ging viral ohne Ende, allein auf Silkes Facebook-Account wurde das Video mehr als tausendmal geteilt, drunter stand irgendwas von den Schwächsten der Schwachen und dass sich jetzt dringend mal was ändern müsse und was man sonst eben als empörter Bürger noch so meint, bis das nächste Babyfoto um die Ecke kommt und man endlich wieder schreiben darf: So süß!!!!!!!
Sollte meine Seite mal checken, denkt Larsen, loggt sich ein, das Handy brummt und vibriert. Der heranziehende Shitstorm ist, wie von Larsen vorhergesehen, von dem Anschlag erstickt worden. Laut Facebook ist Larsen in Yabrud, bei Sonnenschein und 8 Grad im Plus. Der Cousin von Ahmad, müsste mir echt mal seinen Namen merken, denkt Larsen, hat das Foto einer

hügeligen Landschaft gepostet, offensichtlich aufgenommen während einer Fahrt mit dem Auto, nur schemenhaft die Zypressen im Vordergrund, darunter ein Satz: On my way to Damascus. 0 Likes, 0 Comments, 0 Shares. Immerhin etwas, denkt Larsen, ich fliege gerade unterm Radar. Nur das mit Damaskus, denkt Larsen, das ist nicht gut. Go to Beirut, hatte Ahmad in Berlin noch zu Larsen gesagt, from there my friends will bring you to Leila in Homs. Muss Google Maps checken, denkt Larsen, Homs war doch irgendwo in der Mitte, Schritt für Schritt, alles andere bringt bei der Aufregung doch nichts. Allerdings, also wenn ich mal da bin, denkt Larsen, wäre mein Facebook-Account gar nicht so schlecht. In drei, vier Tagen hat sich die erste Aufregung um den Anschlag gelegt, bis dahin bin ich hoffentlich längst in Syrien, soll mir erst mal einer beweisen, dass das nicht immer so war. Bleibt die Sache mit dem Interview, wenn ich es so hindrehe, dass ich einem Lügner aufgesessen bin, könnt ich da rauskommen. Klar, was hängen bleibt immer, bin halt dann der Depp, der nicht recherchiert und seine Quellen nicht gecheckt hat, immer noch besser als Fälscher und für alle Zeiten verbrannt.

Ich setz auf die Opferkarte, denkt Larsen, das ist es, sag: ISIS hat mich verarscht, sag: ihr wisst doch, wie das im Krieg so ist, gebe von Syrien aus ein paar Interviews und alles wird gut. Es muss nur die Geschichte stimmen, jetzt schauen sie hin. On my way to Damascus, oh Mann, da geht es schon los, wenn ich zwei Tage später im Norden auftauch, das stinkt und gar nicht zu knapp. Ich muss Ahmad anrufen, denkt Larsen, schreibt Leila eine Nachricht: On my way to Beirut, see you in Homs, da hält der Bus an und über Lautsprecher sagt die Stimme vom Band: Final stop.

17

Die Maschine hebt ab, es rüttelt, es wackelt, sie steigt und steigt, bis das Anschnallzeichen erlischt. Larsen hatte Glück, ein Platz war noch frei, Flug 324 von Warschau nach Beirut. From there, hatte Ahmad gesagt, take the car. Natürlich, auch im Libanon hat er Freunde, Verwandte, Kontakte. Ohne Ahmad, denkt Larsen, wär ich schon lange am Arsch, ich schwör bei Allah. Wobei, mit dem hat er es ja gar nicht so. Ganz am Anfang, als sie nächtelang im Hotelzimmer in Tripolis saßen und tranken, hat Ahmad Larsen mal in das ganze Drusen-Zeug eingeweiht. Secret religion, you know, hat erzählt von Kalif Al-Hakim Biamrillah, wie er im elften Jahrhundert, oder war es im zwölften?, lange her jedenfalls, auf den Islam schiss, das sagte Ahmad wirklich, he shit on Islam, you know, he shit, das fand er witzig. Like Nietzsche on god, sagte Larsen, dann lachten sie, schenkten nach, lachten weiter, pseudophilosophisches Besoffski-Gelaber halt. Wenn man drüber nachdenkt, also nüchtern, müsste man sich schämen, volle Kanne, aber mit Schnaps im Kopf wird das von Spruch zu Spruch besser, am Ende haben sie Wittgenstein gesungen: Wovon man nicht sprechen kann, darüber soll man schweigen, auf Deutsch natürlich, da grölt es sich besser.

Am Anfang hat sich Larsen Notizen gemacht, Geschichte über Geheimreligion, das ist was, klar, nix für die Eins, aber die Wochenendbeilage, die bringt das. Ich schreib das mal auf, und kritzelte wie wild in den Block: Sechs Heilige Bücher / unterirdisch versteckt / Kalif al H.B. war Einsiedler in der Hebräischen Wüste / dachte sich da alles aus / Mix aus Aristoteles, Pythagoras, Plato, Bücher Mose, Psalmen, Evangelien, Hinduismus u. Buddhismus, viel Koran, aber ohne Mekka, Ramadan, etc. / WIEDERGEBURT.

Den Rest konnte er am Morgen danach nicht entziffern, fragte Ahmad, sie hatten Foul mit Cola zum Frühstück, wie das mit der Wiedergeburt gleich nochmal war. Seitdem weiß er, dass

Drusen immer wieder als Drusen zurückkehren, nur wo, das wissen sie nicht. Vielleicht in China, vielleicht in Venezuela oder Chile, auf der ganzen Welt gibt es geheime Zirkel, doch nicht einmal die Drusen selbst wissen wo. Sie sind Meister der Tarnung, passen sich jeder Macht an, die stärker ist als sie, sind mal offiziell Christen, dann wieder Moslems, Juden sogar, sie nehmen es sich, wie es grad passt, aber vor allem gelten Drusen als mutig, because, sagte Ahmad, we give a shit about death, nur diesmal, da lachte er nicht.

Meister der Tarnung, denkt Larsen, da bringt die Stewardess Saft, Meister der Tarnung, das bin ich auch, vielleicht bin ich Druse, nur weiß ich es noch nicht. Dann rüttelt es, das Anschnallzeichen blinkt, Turbulenzen, meldet der Captain, und Larsen, wie immer bei so was in Todesangst, krallt die Hände in die Sitzlehne, alles andere als mutig, denkt: Druse? Na dann eben nicht.

18

Die Nacht ist doch sowieso die schönste Zeit des Jahres, nachts kommt Larsen in Beirut an, die Landebahn, fast noch im Meer, sieht er nicht. Please remain seated. Frisch gewischter Chlorreiniger, eine Brise salziges Meer, Zigarettenrauch am Gepäckband. Wie immer, der Nahe Osten, man kann es nicht anders sagen, riecht gut. Leicht muffig, leicht süß, das muss Henna sein, das ist Henna, neben Larsen steht eine Frau, zierlich, sexy Fußnägel, sexy Fingernägel, der Rest gut verschleiert und Larsen, das passiert ihm oft, wenn er müde ist, wird rattenscharf. Da kommt schon der Koffer, was soll denn das?, konserviert die Erinnerung, schickt im Hotelzimmer über Google translate bei Twitter Porno auf Arabisch ins Suchfeld, findet nix als betende Männer. Scheiß Twitter, denkt Larsen, schläft einfach ein, träumt von Leila oder irgendwas anderes, denkt kurz davor noch: Alles wird gut.

DREI

Nichts, was Larsen bislang erlebt hat, ist vergleichbar mit dem, was jetzt kommt. Wer sind die Guten? Wer sind die Bösen? Eine Nummer kleiner geht's nicht. Die Wahrheit ans Tageslicht bringen, was ein Schwachsinn, als ob sie sich im Dunkeln versteckt.

1

Wake up, motherfucker!

Zack, hat Larsen, die Augen noch nicht mal auf, eine Faust in der Fresse. Sterne, Blut auf dem Laken, die Nase, ist die gebrochen?, könnte sein. Zack, da fängt er die nächste, will sich die Decke über den Kopf ziehen, doch da ist ein anderer, hält ihm von hinten die Hände fest. Die haben das Bett von der Wand weggeschoben, das steht jetzt mitten im Raum. Zack, da knallt es schon wieder, voll auf die zwölf, Larsen wird warm, er rührt sich nicht mehr, schmeckt sein eigenes Blut, zischt:

Ihr feigen Wichser!

Das hab ich verstanden, sagt hinter ihm einer auf Deutsch.

Zack, die nächste Faust, dann ist er weg. Als Larsen aufwacht, sitzt er in Unterhose, gefesselt mit der Kordel des Hotelbademantels, auf einem Stuhl, die beigen Vorhänge sind zugezogen, auf dem Steinboden unter ihm sein eigenes Blut. Zwei Meter vor ihm, auf dem anderen Stuhl, ein Typ, weiße Turnschuhe, Moonwash-Jeans, Trainingsjacke aus Ballonseide, kurz rasierte Haare, kein Bart, Typ prolliger Schläger. Als Larsen an der Bar in Warschau saß, hatte er sich kurz vorgestellt, wie es wäre, seine Entführung zu faken. Besser hätte er es nicht machen können, nur in seiner Vorstellung, da trug der Typ Bart.

He du, ich muss mal, mach mich los, sagt Larsen, was anderes fällt ihm nicht ein.

Me, only english, sagt der Schläger, holt sein Telefon raus.

Ist der allein?, denkt Larsen, dreht sich um, so gut es eben geht, da ist keiner. Er sieht, der Typ kommt näher, denkt, jetzt oder nie, reißt sein rechtes Bein hoch, will ihm zwischen die Beine treten, merkt erst jetzt, seine sind gefesselt, kippt hinten über und knallt mit dem Kopf auf den Stein.

2

Gelb schlängelt sich die Straße durch die gebirgige Nacht. Am Rückspiegel ein blinkendes Amulett, ab und an das blendende Licht entgegenkommender Autos, kein Radio an, keine Musik, nur das gleichmäßige Tackern des Motors. Ein Diesel also, am Steuer der Schläger von vorhin, eine Zigarette in der linken Hand, bläst den Rauch aus dem spaltweit geöffneten Fenster.
Where are we going?, fragt Larsen, doch selbst das fällt ihm schwer. Der Mund ist trocken, an der Lippe klebt krustiges Blut.
Keine Antwort. Lebanon?, fragt Larsen, fast platzt der Kopf, kann der mal aufhören zu rauchen? Monsieur, on va où?
Keine Antwort, nur ein nächster, schmerzender Lichtblitz des Gegenverkehrs, für einen Moment sieht Larsen den schwarzen Gurt über seinem Hemd, mit Blut besudelt, er würde dem Fahrer gern auf die Schulter tippen, aber seine Hände hinter dem Rücken sind noch immer gefesselt, Larsen spürt sie kaum noch, versucht, die Fingerspitzen zu bewegen, es fällt ihm schwer, aber es geht.
Ich muss hier raus, denkt Larsen, ich muss hier raus! Keine Panik, nur Ruhe, konzentrierte Ruhe, Autopilot, als hätte Larsen so was schon zigmal erlebt. Er lehnt sich mit einem Stöhnen zur Seite nach links, hustet, kommt an den Gurtöffner, das Klicken hört man nicht. Er richtet sich auf, stöhnt, lässt den Oberkörper nach links zur Tür sacken, kommt an den Öffner, hustet wieder, zieht mit den gefesselten Händen daran, da bremst der Typ abrupt. Larsen knallt mit dem Kopf an den Beifahrersitz, die Tür bleibt zu, scheiß Kindersicherung, denkt Larsen als Letztes, dann ist er wieder weg. Aber diesmal nur kurz, wacht auf, wieder angeschnallt, schaukelt im Takt der Kurven

mit dem Oberkörper fast ohne Muskelspannung hin und her. Larsen sollte Angst haben, aber da ist nichts, da sind nur Schmerzen, sonst nix. Na dann, denkt Larsen, fragt:
Sir, can I smoke?
Und tatsächlich jetzt rührt sich der Fahrer, nimmt die Schachtel vom Armaturenbrett, zündet eine an, steckt sie Larsen, ohne Worte, einfach so in den Mund. Da sitzt er, sieht die Scheinwerfer Fahrstreifen verschlucken, zieht an der Kippe, die runterfallende Asche bleibt kleben am Hemd.
Thank you, sagt Larsen, fragt wieder: Where do we go? Der Fahrer bleibt stumm. Ich hab Durst, sagt Larsen, thirsty, you know? Von der Kippe ist ihm schwindelig, doch der Fahrer da vorne reagiert diesmal nicht. Larsen schaut raus in die vorbeihuschende Nacht, schließt die Augen, denkt: Egal, dann halt nicht.

3

Farbige, gemusterte Decken auf dünnen Matratzen am Boden, grün getüncht die Mauersteine, weiße Fensterläden, von denen die Farbe abblättert, so genau erkennt Larsen es nicht. Es ist Nacht, schon wieder oder noch immer? Larsen setzt sich auf, streicht sich mit dem Zeigefinger über das Augenlid, immerhin die Hände sind frei, hört Autos hupen, Kinderstimmen und von ferne immer wieder dumpf ein Wumsen und zwischendrin, Stakkato, metallisches Rattern.
Die Front, das muss die Front sein.
Larsen richtet sich auf, blickt durch das vergitterte Fenster, sieht, er ist ganz oben. Ein Kabuff wie ein Penthouse über den Dächern der Stadt. In der Ecke eine Flasche Wasser, Larsen trinkt sie auf ex, schaut durch das vergitterte Fenster, sieht ganz da hinten im Eck seines Blickfelds das rote Leuchten der einschlagenden Bomben, unten dunkel, nach oben hin heller werdend und schließlich im Schwarz sich in Windrichtung verlaufen.

Wo bin ich?, denkt Larsen. Auf den ersten Blick würd ich sagen, also, Mann, Hirn, jetzt spring endlich an, ja, Stadt, das ist das Scheißwort, ich bin in einer Stadt. Auf dem Dach.
Larsen greift in die rechte Tasche der Hose, da ist sonst das Handy, aber jetzt ist da nichts. Greift in die linke Tasche, da ist sonst der Ausweis, auch weg, nur das Feuerzeug haben sie ihm gelassen und Kaugummis, die hat er auch immer dabei. Nicht für den Atem, sondern gegen die Panik, falls sie denn kommt. Aber da ist nichts, keine Panik, keine Atemnot, wie früher zum Beispiel, verkatert im Supermarkt, die Schlange an der Kasse, warten, dass man zahlen darf, dabei will man nur weg, raus hier, und das richtig schnell, aber du musst dastehen und warten. Zittrige Hände, kalter Schweiß auf der Stirn, den linken Fuß mit dem Außenrist über den Boden ziehen, mit der Hand an der Brust rumnesteln und was Larsen sonst noch alles für Ticks entwickelt hat, damals, als er aus Langeweile oder Überforderung mit den Alltäglichkeiten des Lebens nicht zurechtkam, da half ein Kaugummi, der suggerierte Bewegung, wenn sonst alles stand. Aber jetzt? Larsen schaut die Packung an, steckt sie weg, stellt sich ans Fenster und schaut in die Nacht, sieht die Lichtblitze der Bomben, sieht ihr im Minutentakt wiederkehrendes Leuchten im Rhythmus des Donners.
Das passiert, das passiert echt, in live, jetzt Periscope und ich wär für alle Welt mittendrin. Was eine Scheiße, denkt Larsen, das hab ich jetzt nicht wirklich gedacht? Ich bin so eine Mediennutte, Aufmerksamkeitsspanne einer Amöbe, aber Hauptsache online und live, du Wichser: Mann, bist du schlecht. Jetzt beruhig dich mal wieder, konzentrier dich auf das, was du siehst, was du hörst.
Larsen berechnet die Entfernung der Einschläge, beginnt zu zählen beim Blitz, hört auf bei dem Donner: 21, 22, 23, 24, die Front ist gut einen Kilometer weit weg. Bis zum Morgengrauen geht das so, die Front rückt nicht näher, bleibt einfach da, wo sie ist. Larsen steht da, eine Hand am Gitter, die andere greift von oben in die Hose, umklammert den Penis, fühlt den

Puls, ein Beweis, dass er lebt, wartet, dass es hell wird. 21, 22, 23, 24, immer wieder, das Rot da hinten wird von Minute zu Minute heller und heller, schließlich ist es nur noch ein Grau.
Da hinten, ein paar Häuser Richtung Front, erscheint der erste Mensch auf dem Dach gegenüber. In der Hand so etwas wie eine Fahne, oder ist es ein alter Socken an einem längeren Stock?
In dem Bretterverschlag, vor dem der Mann steht, auf Kopfhöhe eine Neonröhre, daneben zwei rote Wasserkanister und dann aufsteigend ein riesiger Klotz aus Beton, dahinter Hügel und schließlich, zum ersten Mal heute, den Himmel, angedeutet in Rosa und immer wieder schwarmartig weiße Schatten, flattern in der Luft, landen einer nach dem anderen auf dem Dach vor dem Typ, der genau dann verschwindet, als die Tauben da sitzen.
Erst jetzt sieht Larsen, vor dem vergitterten Fenster, aus dem er seit Stunden schaut, ist ein Fliegengitter, zeichnet die Stadt vor ihm, die Dächer, die Antennen im Gegenlicht, die Schornsteine, die grauen Backsteine und erst recht die Tauben schön weich.

4

Larsen hört Schritte, denkt: Ich muss mir einprägen, was ist. Konzentrier dich jetzt, sonst bist du am Arsch. Die Schritte kommen näher, ein Schlüsselklimpern, Larsen ballt die Fäuste, die Tür fest im Blick. Es klopft, jemand klopft, tatsächlich, dreimal. Larsen sagt gar nichts, kein Herein, kein Hallo, nur ein stummes Warten, auf das, was jetzt kommt. Ein Schlüssel wird in die Tür gesteckt, fast leise, als wollte man Larsen nicht stören. Die Tür scheppert beim Öffnen, selbst wenn Larsen schliefe, jetzt wäre er wach.
Hallo Peter, sagt eine Frau mit einer Stimme, die Larsen schon kennt.
Leila?

Ja, ich bin es, Leila.
What the hell are you doing here?, fragt Larsen.
I invited you, sagt Leila und dann auf Deutsch, fast ohne Akzent: Ich habe dich eingeladen.
Leck mich, sagt Larsen, warum sprichst du denn deutsch?
Was heißt das?, fragt Leila.
Fuck, why do you speak German?, fragt Larsen.
German flu, sagt Leila, deutsche Grippe, ganz Damaskus lernt Deutsch. Yallah, komm mit.
Wohin?, fragt Larsen.
Nach unten, sagt Leila und reicht Larsen die Hand.
Doch Larsen steht nur da, starrt Leila an, gerader fester Blick, nur seine Hände zittern in den Hosentaschen, aber das sieht Leila nicht.
Mit voller Kraft beißt er in seine Wange, schmeckt Blut. Erst jetzt realisiert er: Das hier ist echt. Was macht Leila hier? Hat sie mich verraten? Hat Ahmad mich verraten? Denk nach, Peter, denk nach, was bedeutet das jetzt? Aber Larsen fällt beim besten Willen nichts ein. Er steht nur da und ist froh, dass er noch weiß, wie er heißt. Vor ihm Leila, er würde sie am liebsten umarmen, sie küssen, einfach sagen: endlich, Nähe herstellen, ihre schmale Hüfte in beide Hände nehmen, sie an sich ziehen, sie riechen, irgendwas eben, so in der Art. Doch es geht ihm wie der Krähe in Warschau, er denkt immer wieder: Ist Leila nun Freund oder Feind?
Ich versteh das nicht, sagt Larsen, was ist hier los?
Komm mit, sagt Leila, er wartet.
Wer denn?, fragt Larsen, da ist Leila schon raus.
Vor der Tür, auf dem Dach, ein Stapel grauer Backsteine, Sand, ein paar Säcke Zement, alte Bretter mit rostigen Nägeln. Die Sonne blendet Larsen, Leila vor ihm eher Umriss als Mensch. Ihre blonden Locken leuchten, zumindest aus Larsens Perspektive, der sie im Gegenlicht sieht. Könnte er näher ran und würde die Sonne nicht blenden, dann sähe Larsen: Der Ansatz am Scheitel ist schwarz.

Leila geht bis zum Rand des Daches, sie dreht sich um, die Sonne scheint ihr jetzt ins Gesicht. Komm, sagt sie wieder, steigt auf die oberste Sprosse einer Leiter, graues Holz, mit Baustaub bedeckt. Erst verschwinden ihre Beine, dann der Oberkörper, die Hände und am Ende ist da nur noch das Ende der Leiter, auf das Larsen, noch immer sehr ratlos, wohl eher fassungslos, blickt. Er ist alleine hier oben, er will Leila blind folgen, geht zur Leiter. Dreht kurz davor ab.
Ich muss hier weg!
Fast rennt er, läuft den Rand des Daches ab, so schnell er kann. An allen Seiten geht es zehn Meter runter, mindestens, zum Springen zu hoch. Nur da, wo die Leiter steht, sind es drei Meter zum nächsttieferen Stockwerk, doch das ist umschlossen von Mauern, auch da ist kein Weg. Es ist ein gutes Gefängnis. Was für ein beschissener Ort!
Sprosse für Sprosse steigt er die Leiter nach unten, auf Augenhöhe Leilas Hand- und Fußabdrücke im Staub. Durch die offene Terrassentür unten wehen weiße Vorhänge im Wind. Larsen schiebt sie zur Seite, sieht erst jetzt, sein Ärmel ist noch immer voll Blut. Der Wechsel von hell zu dunkel macht ihm zu schaffen, aber das ist sein kleinstes Problem.
Auf dem Boden liegen Matratzen, die gleichen wie oben, dazwischen Teppiche, gelb-schwarze Muster, an der Wand ein Sofa, grün bezogen mit Samt. Darauf fläzt sich ein Mann, Glatze, grauer Bart, tiefe, dunkle Augenränder, schwarzes Unterhemd, behaarte Arme, dicker Bauch, graue Unterhose, behaarte Beine, ausgestreckt, übereinandergeschlagen auf einem Glastisch, darauf ein Aschenbecher, eine Schachtel mit Papiertaschentüchern, ein rosa Feuerzeug, zwei Tassen Tee. Hinter seinem Kopf, auf der Lehne des Sofas, ein Internetrouter, silbrige Box aus Plastik, ein schwarzes Kabel nach links, ein gelbes nach rechts, am rechten Rand die Antenne. Der nackte Arm des Mannes angewinkelt, Oberarm waagerecht auf der Lehne des Sofas, zeichnet ein L, zwischen Zeige- und Mittel-

finger glimmt eine Kippe. Auf seiner Brust eng angeschmiegt Leilas Kopf, er hebt und senkt sich bei jedem schnaufenden Atemzug des bärtigen Mannes.

Setz dich, sagt er auf Deutsch.

Es ist die Stimme des Mannes, der im Hotelzimmer in Beirut Deutsch verstanden hat, Larsen erkennt sie sofort. Er würde gerne wegrennen, er fühlt sich schwach, er weiß nicht wohin. Es ist wie bei einem Erdbeben, der Boden aus Gummi absorbiert die Kraft jedes Schritts. Larsen wankt, aber noch fällt er nicht.

Willst du Tee?, fragt Leila und vergräbt ihre Hand in dem grauen Brusthaar des Mannes, der genüsslich Rauchkringel bläst.

Ich will gar nichts, sagt Larsen, bewegt sich kein bisschen nach vorne, verschränkt die Arme, tritt von einem Bein aufs andere, als müsste er mal, der ganze Larsen ein einziger Kurzschluss, dann brüllt er los:

Ihr Wichser, was soll das? Ihr könnt mich, beide, Leila, du auch!

Er rennt aus der Terrassentür raus, sucht einen Ausgang, eine Treppe, irgendwas, einen Fluchtweg, aber da ist wirklich nichts, nur die nächste verschissene graue Mauer aus Stein und irgendwo da unten ein Hinterhof, nicht einmal eine Straße, auf dem Dach da hinten, der Taubenzüchter von vorhin, Larsen hüpft und brüllt: HELP!!!, so laut er nur kann.

Der Krach der Detonationen in der Ferne ist lauter, der Typ da drüben rührt sich nicht mal, Larsen brüllt und brüllt, ein richtiger Anfall ist das, bricht am Ende zusammen, kauert sich in die Ecke wie ein waidwundes Tier, zittert, umklammert mit den Händen die Knie, angewinkelt, will heulen, aber nicht mal das kriegt er hin.

Beruhig dich, Peter, du musst dich beruhigen, murmelt er wie ein Mantra laut vor sich hin. Ihm fallen die Kaugummis ein, für gesunde Zähne steht auf der Packung, er steckt sich gleich zwei in den Mund und kaut so kräftig es geht, schiebt den Klotz von einer Backe in die andere, beißt zu, bis er keine Kraft mehr hat,

wird mit jedem Biss ruhiger. Eine Idee, was er jetzt tun soll, kommt nicht.
Er läuft von einer Mauer zur anderen, spuckt den schalen Kaugummi über die Brüstung. Scheiß drauf, ich geh da jetzt rein!
Er schiebt die Vorhänge zur Seite, aber Leila und der Fettsack sind weg.
He, wo seid ihr?, brüllt Larsen. Wo seid ihr, ihr Wichser!
Am anderen Ende des Raums, gegenüber von der Terrasse, ein Vorhang statt einer Tür. Larsen geht darauf zu, da teilen sich die Stoffbahnen.
Da bist du ja wieder, sagt der Mann von vorhin, schaut nicht einmal auf, zieht nur genüsslich den Reißverschluss seiner Hose zu, richtet sich mit der linken Hand seinen Sack.
Die haben jetzt nicht wirklich?
Da betritt schon Leila schön durchgebumst lächelnd den Raum.
Geht's wieder?, fragt der Bärtige, nestelt am Unterhemd rum.
War's gut?, fragt Larsen.
Da ist er wieder, der Blender. Sich nie was anmerken lassen, das Gegenteil sagen von dem, was man denkt.
Okay, also Leila hat mich beschissen, so viel ist klar. Der Traum, sie zu küssen, ist definitiv aus, besudelt von diesem Fettsack, die fass ich nie an. Aber warum nur, warum? Ich muss das verstehen! Komm jetzt, Peter, streng dich mal an.
Es mag aussehen, als habe Larsen bereits verloren, aber gerade jetzt gilt es sich treu zu bleiben, es ist noch nicht zu Ende, noch dreht sich die Kugel und Larsen, so viel ist sicher, will zurück in das Spiel. Er muss sich anstrengen, sucht eingeübte Handlungsmuster, sieht die Zigaretten auf dem Tisch, nimmt eine, auch wenn die Hand zittert, setzt sich auf das Sofa, genau auf den Platz von dem Typ.
Lighter!, sagt Larsen, die Stimme gefestigt, nur bei der ersten Silbe noch etwas zu hoch.
Liegt vor dir, sagt der Bärtige, sagt zu Leila was auf Arabisch, Larsen versteht Qahwa, Kaffee und hat damit Recht.
Trink erst mal. Brauchst du Zucker?, fragt der Dicke, lässt sich

neben Larsen ins Sofa fallen, beugt sich vor zu den Zigaretten, tätschelt Larsen dabei das Knie. Fass mich nicht an, will Larsen sagen, aber die erste Kippe seit langem haut richtig rein, drei Züge nur und Larsen ist fast schon unten am Filter.
Ich bin Omar, sagt er, hält Larsen die Hand hin.
Und Larsen schlägt tatsächlich ein.
Peter, sagt Larsen, schaufelt Zucker in seinen Kaffee, dabei trinkt er sonst schwarz.
What do you want from me?, fragt Larsen.
Wir können deutsch sprechen, sagt Omar.
Fuck you!, sagt Larsen.
Guck mal, sagt Omar. Ich weiß, der Überfall im Hotel, das war nicht so richtig korrekt. Aber es musste sein. Wir brauchen dich, verstehst du, du kannst uns helfen, wir zahlen sogar. Du musst nur weitermachen. Peter Larsen, der Mann aus Damaskus, nur jetzt bist du wirklich da.
In Damaskus? Wir sind in Damaskus?, fragt Larsen.
Genau da, sagt Omar und: Willkommen, mein Freund.
Ich bin nicht dein Freund, Fettsack, will Larsen sagen, aber fängt sich dann doch, jetzt auf Augenhöhe verhandeln, es zumindest versuchen, das ist der Plan.
Okay, sagt Larsen, what is your offer?, hat aber selbst keine Ahnung, warum er das fragt.
Du gefällst mir, sagt Omar, die Krise als Chance, das sagt ihr doch, oder?
Never heard, fucker, sagt Larsen jetzt doch.
Auf einmal brüllt Leila: Enough, Peter, calm down now, this is serious.
Ist ja gut, sagt Larsen, was wollt ihr aber von mir, was soll ich tun?
Na also, sagt Omar. Hast du Hunger? Du musst erst mal was essen.
Omar scheucht Leila mit dem Handrücken nach draußen, husch, husch.

5

Ein weißer Hund, fast hüfthoch, schwarze Tatzen, schwarze Schnauze, dunkle Augen, spitze Ohren, trottet durch die Schlafzimmertür, legt sich Omar zu Füßen, doch der beachtet ihn nicht. Omar greift neben sich, legt einen schwarzen Laptop auf den Tisch, schiebt die Papiertaschentücher zur Seite, klappt den Rechner auf, meldet sich an, klickt auf eines der zahlreichen gelben Rechtecke, Ordnername: Peter Larsen.
Omar nimmt sich eine Zigarette, sagt: So!
Es ist alles da. Nach Datum geordnet. Alle Texte, Videos, Posts, Tweets und was Larsen sonst noch zu Syrien veröffentlicht hat. Das komplette Archiv, 321 Dateien exakt.
Gute Arbeit, sagt Omar, zwinkert Larsen zu, grinst.
Larsen sagt gar nichts, schaut auf den Bildschirm, sieht, es ist echt alles da. Es ist genau der Moment, vor dem er sich immer gefürchtet hat: Jemand, ein Redakteur, ein Journalist, eigentlich egal wer, entlarvt ihn, zieht ihm die Maske runter, konfrontiert ihn mit seinem eigenen Dreck.
Guck mal, sagt Omar, das hier mag ich besonders. Er klickt auf ein Video, Dateiname: Homs.
Die Szenerie ist spärlich beleuchtet, man sieht nur Larsen, in der Hand ein Mikrofon, im Hintergrund blitzen ab und an Lichter, das war Ahmad mit Taschenlampe, dazu Geballer, Larsen erinnert sich, Soundeffekt – Maschinengewehr M60, gefunden bei Youtube, während seines Aufsagers, irgendwas über Kriegsverbrechen, per Lautsprecher, in der Garage, in der sie es aufgenommen haben, gestreamt und später gesampelt mit dem Ruf eines Muezzin.
Omar klappt den Rechner zu, legt Larsen schon wieder die Hand auf das Knie.
Fass mich nicht an, sagt Larsen diesmal, rutscht so weit es nur geht an den Rand des Sofas, weg von Omar.
Guck mal, sagt Omar, legt seine Hand direkt neben Larsen, ich erklär dir mal was. Man hat immer Dinge zu verlieren und Din-

ge zu gewinnen, und wenn der Gewinn größer ist als das, was man verlieren kann, dann nimmt man den Gewinn, so sehe ich das. Kapiert?
Ganz ehrlich, denkt Larsen, ich kapiere gar nichts. Wieso weiß der das alles? Woher hat dieser Fettsack mein Material? Steckt Ahmad dahinter? Welche Rolle spielt Leila? Sind die von der Opposition? Oder doch vom Regime?
Ich verstehe, sagt Larsen dennoch, so überzeugend es geht. Du hast meinen Pass, du hast mein Handy, meinen Rechner, wahrscheinlich alle Zugangsdaten, du hast mich entlarvt. Aber auf welcher Seite stehst du in eurem beschissenen Krieg?
Menschliches Handeln, sagt Omar, besteht immer aus konkreten Taten und aus Fehlern oder Irrtümern. Wer sind hier die Guten, wer sind die Bösen? Du glaubst, du wüsstest das, aber ich sage dir: Deine Position war vollkommen falsch. Ich kann dir helfen, sie zu ändern, wir werden das Nötige tun, um dich dabei zu unterstützen. Man kann immer was tun, subjektiv. Klar, es gibt immer die anderen, die gegen einen arbeiten, aber es gibt immer eine Lösung, auch für einen wie dich. Du musst nur aufhören, für die Terroristen zu arbeiten, mit denen du dich zusammengetan hast, und wir helfen dir, der große Kriegsreporter zu werden, der du gern wärst.
Bist du bescheuert?, fragt Larsen. Was für Terroristen? Ich habe Nachrichten gefälscht, komische Videos gedreht, ich habe nie etwas erfunden, dass es nicht gibt. Ich habe nur Bilder geliefert, die eh jeder hat. Und auch das nur, weil es so einfach war, weil Ahmad … Ach vergiss es, ich bin hier wegen Leila und sonst wegen nichts.
Weiß ich, sagt Omar und streichelt den Hund, nimmt sich die nächste Zigarette vom Tisch, zündet sie an, lehnt sich nach hinten, verschränkt die Arme hinter dem Kopf, seine Achselhaare stellen sich auf. Er legt die Füße auf den Tisch, direkt neben den Rechner, sagt: Genau, denk an Leila, ich glaub, sie mag dich sogar.
Leck mich, sagt Larsen, sie war ein Köder, sonst nichts.

Omar lächelt, mehr sagt er nicht, denn Leila kommt rein. Frisch geduscht, nasse Haare, enge Taille, flache Schuhe, sagt: Falafel für alle.
Sie lacht Larsen an, weiße Zähne, blaue Augen, selbst jetzt im Februar leicht brauner Teint, und Larsen denkt nur: Oh Mann, sie ist wirklich mein Typ. Aber dass sie mit Omar, jetzt nenn ich ihn schon beim Namen, diesem Fettsack …
Guten Appetit, so sagt man, oder?, fragt Leila, beugt sich vor über den Tisch.
Sie stellt einen Teller vor Larsen, setzt sich neben ihm auf das Sofa, lehnt sich zu ihm, küsst ihm die Wange, ihre nassen Haare hinterlassen auf Larsens Hemd einen Fleck.

6

Die Niedergeschlagenheit ist erbarmungslos. Sie nimmt Larsen, wieder alleine in seinem Verlies auf dem Dach, von hinten und möbelt ihn durch wie noch nie. Larsen würde gerne nachdenken, sich konzentrieren, einen Plan aushecken, aber was ihm nur einfällt, es ist alles Murks. Fliehen? Wohin, ohne Pass in Damaskus? Kooperieren mit Omar? Aber was will der von mir? Ich muss jetzt los, hat Omar zum Abschied gesagt, und: Leila wird dir später alles erklären. Leila, ausgerechnet, da bin ich gespannt.
Larsen sieht vor sich die Reste vom Falafel.
Für dich, hatte Leila gesagt und ihm den Teller über die Leiter nach oben gereicht.
Larsen nimmt eines der Bällchen, dippt es in Hummus, immerhin, ein erster Akt der Vernunft. Sein Kopf ein leeres, rundes Etwas mit Mund. Larsen schiebt sich einen Falafel rein, kalte Hände, kalter Schweiß, die Zähne malmen, die Zunge schmeckt nichts, Kopfschmerzen, erst jetzt merkt Larsen: Was ist das da hinten? Da fehlt ja ein Zahn. Larsen sucht mit der Zunge den Mund ab, alle anderen Zähne sind da. Den körnigen

Brei schluckt er runter, wischt sich mit dem noch immer blutigen Handrücken über den Mund.
Du kannst dich auch waschen, hat Leila gesagt, oben liegt ein Handtuch für dich.
Selbst seine Tasche haben sie ihm gegeben. Larsen hat seine Sachen wieder, nur Telefon und Laptop sind weg. Auch die Tür ist offen, er darf sich bewegen. Es wird schon wieder dunkel so langsam, am Horizont kehren die Blitze zurück, die Staubwolken der Detonationen verschluckt die Dämmerung, wenn das nicht der Krieg wäre, es wäre sehr schön. Larsen nimmt sich eine der Zigaretten von Omar, selbst die hat er ihm gegeben, stellt sich an die hüfthohe Brüstung. Er könnte springen, das wäre die sauberste aller Lösungen, ein Märtyrer-Tod. Nur für was oder wen? Es gab eine Zeit, da mochte Larsen diese Koketterie mit dem Ende. Am Abgrund stehen, hinunterschauen, die Füße jucken, und sich vorstellen wie das ist: nur einen Schritt, nur noch einen, sich im Kopf seinen eigenen Nachruf schreiben, doch damals als Jugendlicher auf der Brücke war der Text noch recht kurz. Aber schon damals wollte Larsen berühmt werden, in den Nachrichten sollten sie über ihn sprechen, das war sein Plan. Ein toter Deutscher in Damaskus, ein toter deutscher Journalist in Damaskus, der deutsche Reporter Peter Larsen in Damaskus tot aufgefunden, damit könnte es gehen. Ich muss nur wollen, denkt Larsen, dann geht hier alles ganz schnell.
Er schnippt die Kippe hinunter, der Funkenflug erleuchtet den Schacht in den Hinterhof, so wie damals in Warschau, drei Tage ist das nur her. Drei Tage keine Dusche, wird so langsam mal Zeit. Kein Druck auf der Leitung, das Wasser aus dem schwarzen Tank in der Ecke des Daches ist kalt. Auf dem Boden sammelt sich Blut mit Wasser, dreht sich nach unten durch ein Loch im grauen Beton, ein rosa Bächlein, erst dunkel, dann immer heller, schließlich sauber, nur Larsen, frisch gewaschen, fühlt sich noch immer beschmutzt. Die Ruhe, mit der er gerade noch geraucht hat, dahin: Du Arsch, du Depp, du Vollidiot!

Er nimmt den Kopf in den Nacken, versucht, die Wörter im Wasser zu ertränken, aber es hört einfach nicht auf. Ich hätte damit nie anfangen dürfen, warum nur? Echt, warum nur? Es wäre doch auch anders gegangen. Ich bin ein krankes Arschloch, ich hätte irgendwann anders abbiegen sollen und wäre überall, nur nicht hier. Ich sollte Leila hassen, aber, ganz ehrlich, ich hasse nur mich, warum hab ich es nicht gut sein lassen, es wär doch auch so gegangen. Irgendwas Ordentliches machen, eine Hilfsorganisation aufbauen, irgendwas mit Kindern, irgendwas mit mehr Empathie, für andere, aber auch für mich selbst. Nicht nur lügen, von wegen zehn Prozent meiner Einkünfte spenden und was ich sonst noch all die Jahre erzählt hab. Du Arschloch. Du Wichser! Ist das meine Quittung? Hab ich das hier am Ende nicht sogar richtig verdient?
Larsen trocknet sich ab und schaut an sich runter, sieht seinen Bauch, seine Knie, überall Blutergüsse, selbst leichte Berührungen mit dem Handtuch tun weh. Larsen reibt sich extra stark trocken, kein Weichspüler, das Frottee ist bockelhart, er blutet schon wieder, klebt Klopapier auf die Wunde am Knie, das saugt sich schnell voll. Am Tank hängt ein kleiner Spiegel, Larsen rasiert sich, das Blut am Knie trocknet allmählich, kleine Bläschen als Vorhut der zu erwartenden Kruste. Immerhin, ein erster Heilungsprozess.

7

Und was dann passiert, mitten in der Nacht, der Bombenhagel nur ein paar Wohnblocks entfernt, auf einem Dach in Damaskus, was dann passiert, ist die Erfüllung für Larsen. Was dann passiert, ist, dass er so geweckt wird, wie er schon immer geweckt werden wollte, aber es noch keiner Frau zu sagen wagte. Zwischen seinen Beinen, unter der Decke, der Kopf von Leila. Kurz zuckt Larsen zusammen, dann schließt er die Augen, lässt es einfach geschehen, blendet aus, dass Leila gestern mit

Omar…, drückt den Gedanken schlagartig weg, schläft danach weiter, als wäre gar nichts gewesen. Und was dann passiert, früh am Morgen, ist der Preis für die Nacht.
Peter, sagt Leila, du musst mit Omar zusammenarbeiten, bitte, please? Okay, darling?
Bist du deswegen gekommen?, fragt Larsen.
Bitte, es ist better für dich.
Und wie stellt er sich das vor? Was soll ich tun?
Du sollst für ihn Videos machen, Berichte schreiben, aber vor allem, du musst aufhören, für Ahmad zu arbeiten. Kannst du das machen? Für mich?
Larsen schiebt Leila von sich, setzt sich auf, winkelt die Beine an, kratzt an der Wunde am Knie, bis sie blutet.
Ich arbeite nicht für Ahmad. Er arbeitet für mich. Weiß er, dass ich hier bin? Und du, wer bist du? Bist du vom Regime?
Ich bin Leila, sagt Leila und fragt: Ist das nicht genug?
Nein, ist es nicht, sagt Larsen. Du weißt, ich bin nur deinetwegen gekommen, und jetzt sitze ich hier, gefangen auf einem Dach in Damaskus, soll mit euch kooperieren und weiß nicht mal warum.
Wir haben Krieg, sagt Leila, das ist nicht so einfach, verstehst du?
Nein, sagt Larsen, erkläre es mir.
Dafür ist es zu früh, du musst erst für Omar arbeiten, dann kann ich dir alles erklären, vielleicht irgendwann.
Was ist mit Ahmad?, fragt Larsen, weiß er Bescheid?
Vergiss doch mal Ahmad, sagt Leila, du hast doch gehört, was Omar gesagt hat, er ist Terrorist.
Nein, das stimmt nicht. Er ist mein Freund, und du hast mich verraten, so sehe ich das. Ich arbeite auf keinen Fall mit euch zusammen, niemals.
Peter, sagt Leila, du machst einen großen Fehler.
Und was dann passiert, ist, dass Leila aufsteht und geht, nicht einmal ihre Kleider zieht sie an, sie geht einfach nackt. Spätestens jetzt ist Larsen klar, das ist ein ganz fieses Spiel, kurz dar-

auf kommt Omar, zwei seiner Schläger im Schlepptau, und kurz bevor Larsen schwarz vor Augen wird, denkt er noch:
Aber schön war es schon.

8

Ich brauch einen Stift, ist das Erste, was Larsen denkt, als er aufwacht. Ich muss das aufschreiben, sonst dreh ich hier durch. Erst dann traut er sich, die Augen aufzumachen, sieht, es ist schon wieder ein anderer Raum. Diesmal keine Fenster, nur gemauerte Wände, grauer Stein, schon wieder, auch diesmal Rohbau, kein Putz. Eine Metalltür, schwarzer Türknauf aus Plastik, selbst die Matratzen sind grau, liegen, von einer einzigen Glühbirne spärlich beleuchtet, auf nacktem Beton. In der Ecke eine Flasche Wasser, Larsen richtet sich auf, mittlerweile fällt ihm das schwer.
Denk nach, der perfekte erste Satz jetzt, wie würde der lauten? Er lehnt sich an die Wand, würde gerne einen Schluck trinken, aber bis nach da drüben, das schafft er noch nicht. Die Tür, ich muss mit der Tür anfangen, die ist ein starkes Symbol. Zwischen mir und der Frau meiner Träume steht eine verschlossene Tür. Boah, ist das schlecht. Immerhin, Larsen muss schmunzeln, der Trick mit dem Schreiben, er klappt. Ich könnte die Tür auch in allen Einzelteilen beschreiben, die Kratzer zählen, sie ausmessen, Daumen und Zeigefinger gespreizt, macht ein handelsübliches Geodreieck, Pi mal Daumen 14 Zentimeter, so Detailbeschreibungen machen sich meistens ganz gut.
Er schaut die Tür an, findet keinen Aufhänger, nichts, was sich lohnt, es ist halt eine Tür und sonst nichts. Der Kopf ist in Gang, arbeitet, das ist ja schon was, vielleicht kommt bald auch der Rest. Larsen schafft es auf allen Vieren zur Flasche und trinkt einen Schluck. Nächster Gedanke: Was würde Bruce Willis tun? Diesmal muss Larsen lachen, das klingt schön absurd, aber mal ehrlich, Larsen hat nur in die Fresse bekommen, ein Held ist er

nicht. Was nicht ist, kann sich ändern, denkt Larsen, aber so was schreibt sich echt schlecht. Also, was würde Bruce Willis tun? Er würde alle zu Brei hauen, aber ich, Peter Larsen, dachte bis gestern, ich könnte so etwas nicht.
Das, denkt Larsen, klingt nach Action. Das könnte als Anfang funktionieren, aber wenn ich ehrlich zu mir bin, wenn jetzt einer aufmacht, ich wär so klein mit Hut, markiert den Hut in Gedanken, schreibt ins Kommentarfeld: Klischee!!!!
Auch das mit Bruce Willis ist Scheiße, ich muss noch mal anfangen, das wird hier sonst nichts. Larsen findet ein Stück roten Ziegel, zeichnet ein Rechteck auf den Boden, das ist sein Papier. So, jetzt aber richtig, Larsen, streng dich mal an.
In Großbuchstaben schreibt Larsen auf den Boden ein ICH, löscht das ICH mit Spucke, aber so ganz verschwindet es nicht. Ein Satz mit ICH, das ist doch nicht schwer, da muss es was geben, jetzt denk halt mal nach. ICH, schreibt Larsen auf den Betonboden seines Verlieses, ICH bin Peter Larsen, 37 Jahre alt, Journalist, und ICH mache alles kaputt.

9

Dumpfe Schritte vor der Tür, einer nach dem anderen, nicht schnell, nicht langsam, definitiv keine Ledersohlen, eher das kaum hörbare Schmatzen von Gummisohlen auf nacktem Beton. Die Stille macht es möglich, Larsen hört alles, die Sinne im Einzelkämpfermodus geschärft. Die Tür geht auf. Das Licht einer Neonröhre, weiß und grün, zerhaut die funzelige Dunkelheit um Larsen mit einem Schlag.
Omar?, fragt Larsen.
Come with me, sagt der Mann in der Tür, nicht Omar, dafür sind seine Konturen zu schmal.
Larsen steht auf und setzt sich gleich wieder. Die Beine machen nicht mit, Larsen rollt sich zur Seite, stützt sich auf den Unterarm, rappelt sich auf in die Hocke. Einen Moment verweilt er

so, holt tief Luft und mit der nächsten Ausatmung schafft er es fast.
He you, get up, sagt der Mann, eine junge Stimme.
Larsen, den Kopf noch immer unten, sieht nur Turnschuhe, der Rest ist noch immer nicht scharf, verschwimmt vor den Augen, vor allem das Licht der Neonröhre tut weh. Larsen hustet, muss würgen, stützt sich an der Wand ab, kommt irgendwie hoch.
Ja, ja, sagt Larsen, tastet sich lang an der Wand Richtung Tür. Der Typ kommt auf ihn zu, Larsen lässt die Wand los, reißt die Unterarme hoch, hält sie zur Deckung verkreuzt vors Gesicht. So viel zu Bruce Willis, Larsen hat Schiss. Doch die Angst ist unbegründet, fast zärtlich hakt ihn der Mann unter und sagt: Don't worry, I am Hussein.
And I am Peter, sagt Larsen, nimmt die Hände runter, dankbar für jede Hilfe, selbst die kleinste menschliche Wärme saugt er gerade auf, schmiegt sich an Hussein, lässt sich führen, kleine, tippelnde Schritte, mehr geht gerade nicht.
Come, sagt Hussein, ein Mann Ende zwanzig, dünner Bart, silberne Brille, irgendein Fußball-Trikot, rot-blau gestreift, auf der Brust weiß beflockt UNICEF, verstärkt bei Larsen das Gefühl der Geborgenheit und sei es nur für einen kurzen Moment. Aber es geht weiter, den Gang entlang, eine Treppe rauf, Larsen muss stehen bleiben, drei Mal oder öfter, es ist ganz egal, Hussein stützt ihn, Hussein ist da, zieht ihn wenn nötig ein wenig, öffnet, oben angekommen, die nächste Tür, braucht beide Hände dafür, stellt Larsen wie ein Paket ab an der Wand.
In dem Zimmer wieder keine Fenster, dafür Teppiche, wieder diese dünnen Matratzen, in der Mitte des Raumes ein Schreibtisch mit einem Rechner darauf. Hussein hievt Larsen in den Bürostuhl, abgewetztes Leder, braun, und bewegt mit der rechten Hand kurz die Maus. Hussein holt einen Zettel aus der Hosentasche, legt ihn vor Larsen und befiehlt mit sanfter Stimme: Please, write!
Erst jetzt sieht Larsen, auf dem Bildschirm vor ihm, seinen Facebook-Account, längst geöffnet, der Cursor im Post-It-Feld

blinkt. Auf dem Zettel vor ihm, handgeschrieben auf Deutsch: Hallo an alle, hatte paar Probleme, aber alles ist gut. Mehr dazu später, melde mich bald …
Über dem Textfeld, schon hochgeladen, ein Foto von Larsen, oben vom Dach, aufgenommen von hinten, im Gegenlicht, die Blutflecken auf der Kleidung sieht man so nicht.
Write, sagt Hussein, diesmal bestimmter.
And what if I don't?
Please write, sagt Hussein, legt Larsen die Hand auf die Schulter, ganz ohne Druck. Scheiß drauf, denkt Larsen, tippt die Wörter und denkt kurz, warum machen sie das eigentlich nicht selbst?, haben ja sowieso alles gehackt, keine Ahnung, aber hab ich 'ne Wahl?
Hussein überprüft die Buchstaben, drückt auf Posten, klappt den Rechner zu, sagt: And now food!
Nach dem Essen, diesmal Reis, danach eine Cola und Tee, bringt Hussein Larsen wieder nach unten, sagt: And now sleep! Hussein bringt sogar eine Decke, und Larsen, ganz ruhig, fast zufrieden, legt sich einfach nur hin. So geht das nun ein paar Tage, Hussein kommt, bringt Larsen hoch in den Raum mit dem Rechner, gibt ihm den Zettel, nichts als Belanglosigkeiten, Durchhalteparolen, auf Anfragen antworten darf Larsen nicht, sie essen, sie trinken Tee, Larsen darf rauchen, aber nur oben, dann wäscht er sich, putzt Zähne, hinter der Tür Hussein, passt auf. Larsen lässt es geschehen.
Es ist sowieso alles am Arsch, alleine in dem Keller, was soll ich mich wehren? Ich lauf auf Sparstrom, ich muss mich erholen, sollen sie doch machen, was interessiert's mich?
Larsen würde gerne reden, so eine richtige Beichte, was schieflief, warum und wieso. Aber wem soll er das erzählen? Ahmad wäre der Richtige, aber der ist weit weg.
Ach Ahmad, du fehlst mir. Ob er wohl weiß, was passiert? Er muss doch Leila gefragt haben, ob ich angekommen bin! Sie ist doch seine Cousine, aber klar, dieser Scheißkrieg macht auch vor Familien nicht halt. Und Ahmad, Ahmad hat doch mit der

Waffe gegen das Regime gekämpft! Dass der die Seiten wechselt und mich sogar noch verrät, nein, das ist ausgeschlossen, niemals. Ahmad steht zu mir, dass weiß ich, und ich zu ihm, egal was noch kommt.

Das Schlimmste an der Zeit in der Zelle ist das Schweigen, also labert Larsen Hussein voll, wann immer es geht, erst auf Englisch, als er merkt, der versteht nur die Hälfte, auf Deutsch, erzählt von Silke, von Libyen, von Ahmad, von der Kündigung, von Peter, den Afghanen, in wahlloser Reihenfolge, Hauptsache reden, das tut ihm sehr gut. In der Gefangenschaft macht sich Larsen locker, so richtig, früher hat er selbst seine Gedanken auf Drucktauglichkeit hin redigiert. Was werden die anderen sagen? Was wird Silke denken? Wie werde ich berühmt? Was für eine verkackte Zensur! Ich, denkt Larsen, muss erst in diesem Keller landen, bevor ich zu mir komme, ich bin ein Prolet im Geiste und das vor dem Herrn, ich giere nach Aufmerksamkeit, will geliebt werden, genau diese Worte schreibt er, ritzt Banalitäten, die er nie auch nur zu denken gewagt hat, in den Boden aus Stein, schreibt darunter: Endlich, jetzt ist es raus.

Schuld und Scham sind Teil seines Katers, Larsen schlägt sich immer wieder mit der Hand ins Gesicht oder mit der Faust an die Wand. Die Verzweiflung eines Gefangenen ist das nicht. Es ist Wut über sein eigenes, verschissenes Leben, es ist die Wut über sich. Warum bin ich nur hierhergekommen? Warum hat mich Leila verarscht? Warum habe ich mit dem ganzen Scheiß überhaupt angefangen? Warum habe ich nicht früher aufgehört?

Die Lethargie kommt über Larsen, jeden Tag mehr, jeden Tag wird es größer, dieses Ist-mir-alles-egal! Sollen sie mich killen, interessiert mich nicht, dann hört das wenigstens auf. Ich kann nicht mehr, so einfach ist das, ich bin nur noch Schrott.

Larsen hat Augenschmerzen, Kopfschmerzen und kein Verlangen nach nichts, nicht mal Hunger hat Larsen. Selbst wenn sie ihn jetzt rauslassen, Erste-Klasse-Ticket nach Hause zurück, er würde weiter leiden. Keller oder Freiheit, es ist alles gleich.

Er legt sich hin, zieht die Beine an, krümmt sich, will in sich verschwinden, nur Ruhe, rasten, schlafen wär gut, aber immer, kurz vor dem weg sein, ein Flash: Leila, Bomben, Rauch, Leila auf Omar, Bilder von Larsen mit Kamera, Larsen mit Handy, Larsen vor Rechner, Larsen im Flugzeug, Larsen in Beirut, dann wieder Leila und alles von vorn. Die ersten Tage im Keller hat Larsen noch sehr oft geschrien, immer nur ein Wort, so laut er nur konnte:
Nein!
Jetzt schluckt er es runter, läuft, wenn gar nicht anderes geht, auf und ab, springt mit dem rechten Bein an die Wand, stößt sich damit ab, dreht sich in der Luft und landet mit links, mit dem Rücken zur Wand. Autistische Spielchen, früher aus Langeweile in Hotelzimmern geprobt, jetzt Einsatz im Ernstfall, kein schlechter Trick. Auch im Stand, Schwung holen, sich auf einem Bein drehen, zählen, wie oft es um die eigene Achse geht, mehr als eineinhalb Mal schafft Larsen nie.
So vergeht die Zeit zwischen den Facebook-Einsätzen, ab und an, das hat Hussein erlaubt, spielt Larsen noch Pacman, eine Runde fressen und gefressen werden, dann kommt Hussein, Game over, und zurück in den Bau. Eigentlich ließe sich das gut ausschlachten, denkt Larsen in einem schwachen Moment. Er kann nicht anders, Larsen bleibt Larsen, selbst jetzt, in der Isolation.
Gefängnispoesie, ich, der unterdrückte Journalist hinter Gittern, wie ich leide, ein Kämpfer für die Meinungsfreiheit, vom Despoten gegängelt, das verkauft sich sicher sehr gut. Zu Hause könnten sie Petitionen unterschreiben, so was geht viral ohne Ende, da ist sogar die Tagesschau drin, das schlägt sogar den Fake mit dem Mullah, ich wär ein Symbol, mit einem Schlag rehabilitiert, diese kleinen, miesen Schreibsoldaten, sie könnten sich hinter mich scharen, die Reihen schließen, endlich mal wieder eine Armee. Das ist doch endlich mal wieder eine Phantasie, eine für die sich das beschissene Leben im Kerker lohnt.

10

Es ist Morgen, so weit funktioniert der Rhythmus noch, denn Larsen muss aufs Klo. In der Ecke, die rosa Schüssel aus Plastik für das kleine Geschäft. Noch ein, zwei Stunden oder zig Runden im Kreis, dann kommt Hussein und öffnet die Tür. Im Hotel, früher, im Einsatz, als Larsen die Tage zählte, war die Zeit zähflüssig, hier unten, im Dunkeln, rennt sie recht schnell. Vier, fünf, sechs Tage, Larsen hat keine Ahnung, wie lang das schon geht.

Er erholt sich so langsam, das ist alles was zählt. Leila, ihre Brüste, der Fettsack, die Erinnerung wird versöhnlicher, auch wenn sie noch schmerzt. Ein Schluck Wasser, dann noch einer und noch einer, gegen die Kopfschmerzen, es hilft leider nichts. Larsen macht Liegestütze, macht Sit-ups, aber auch nur, weil er denkt, dass sich das so gehört. Selbst hier unten im Keller ist Larsen gefangen von stupiden Bildern, spielt Gefangenschaft nach, reproduziert Stereotype und bleibt sich damit doch treu. Der Bauch wird weniger, und gäbe es einen Spiegel hier unten, Larsen würde davorstehen, den ganzen Tag. Kein Alkohol, wenig Kippen, das tut ihm ganz gut.

Genau, positiv sollst du den Tag beginnen, die Erbärmlichkeit kommt ganz von allein, der Wahnsinn kriecht schon, kommt mit dem Gluckern der Heizungsrohre über ihm näher, aber ohne die wäre ihm kalt. Sich mal wieder rasieren wäre ein Anfang, über der Lippe wachsen die ersten Barthaare schon ein, die Fingernägel hat er angeknabbert, aus Langeweile, statt rauchen, Hauptsache kurz.

Die Wunde am Knie kratzt er auf, dreimal täglich, schaut zu, wie sie zugeht, erst gelber Eiter, der Bläschen schlägt, dann bildet sich eine Kruste und wieder alles von vorn. In einem der Texte, von Larsen früher am Fließband verfasst, wäre das ein Bild, der rote Faden, der sich durchzieht, Storytelling, der Zug, der einen mitnimmt als Leser, so hat er's gelernt.

Richtige Texte, also Reportagen, lang ist das her. Was Larsen zuletzt veröffentlicht hat, war fast nur noch mobil. Unter jeder Geschichte, auf Twitter geteilt, Hashtag #MoJo, der Persilschein für Scheiß-Qualität: Mobile Journalism, mit dem Handy gedreht, da darf es wackeln, da muss es wackeln, ist alles eine Frage der Authentizität. Periscope, berichten in Echtzeit, Snapchat Discovery, einfach nur auf einen Knopf am Telefon drücken und fertig los. Weniger journalistischer Mehrwert geht nicht, das hätte Larsen gerne genutzt, aber Geo-Tack Wandlitz macht sich nicht gut, wenn man angeblich in Aleppo ist. Klar, ein bisschen Text braucht es auch: schmissige Überschrift, suchmaschinenoptimierte Unterzeile, mehr ist das nicht mehr, Hauptsache die Tags passen gut. Digital first, für einen wie Larsen war das ein Segen, täglich sagte Larsen zu Ahmad: Junge, das trendet wie Sau!

Offline im Keller macht Larsen gleich noch mal Liegestütze, da klimpert der Schlüssel und Hussein macht auf. Es geht nach oben, aber diesmal nicht zum Rechner, Hussein bringt Larsen ins Bad. Auf dem Klodeckel liegt, sauber gefaltet, frische Wäsche, sauberes Hemd, gebügelte Hose.

Ten minutes, sagt Hussein, verschließt von außen die Tür.

Larsen duscht, putzt die Zähne, rasiert sich, föhnt sich die Haare, sieht frisch angezogen auf einmal aus wie ein ganz anderer Mensch. Zur Belohnung gibt es Kaffee, Gebäck, Zigarette, dann verlassen Larsen und Hussein zum ersten Mal gemeinsam das Haus.

11

Rücksitz, rechts hinten, sitzt Larsen, Hussein am Steuer fährt los. Larsen überlegt kurz, soll ich fragen: Wohin?, entscheidet sich dagegen, guckt einfach nur raus, sieht Kolonialbauten, Betonklötze, manche rund, andere spitz, Klimaanlagen-Kästen unter Fenstern in weiß, nur der Ventilator ist schwarz. Palmen, Springbrunnen, Flaggen an jeder Ecke, Plakate des Führers eh

überall. Giraffe, wir nennen ihn Giraffe, hat Larsen von Ahmad gelernt, aber erst jetzt, im Angesicht des Konterfeis, denkt Larsen: das passt.
Larsen öffnet einen Spaltweit das Fenster, die Luft ist lauwarm, trocken, ein wenig staubig, es riecht nach Benzin. Er hört Motorengeräusche, ab und an ein paar Fetzen Musik, alles ist friedlich, der Krieg scheint weit weg und Hussein biegt ab. Ein paar hundert Meter noch, linke Seite ein vierstöckiges Haus, blaue Glasfassade, leuchtet, so sauber ist das. Innen Marmorboden, ein Empfangstresen, die Frau ruft wen an, sagt zu Larsen und Hussein: Sit down.
Vor dem Sofa ein Glastisch, blitzblank, über dem Aufzug drei Uhren, eine für Damaskus, eine für Moskau, Nummer drei Caracas, da ist es noch Nacht. Hussein und Larsen sitzen und warten, die Uhren klacken eine nach der anderen und Hussein nickt ein. Larsen könnte aufstehen und gehen, aber er denkt nicht mal dran. Ist jetzt halt so, mal schauen, was kommt. Ein paar Minuten noch, dann macht es Pling und im Aufzug steht Omar, blauer Zweireiher, weißes Hemd, weißes Einstecktuch, graue Krawatte, das Gesicht frisch rasiert, sieht nicht mehr fett aus, eher stattlich, umarmt Larsen, drückt ihn an seinen massigen Leib.
Willkommen, mein Freund, sagt er und: Schön, dich zu sehen.
Hallo, sagt Larsen, versucht zu lächeln, nur es gelingt ihm nicht.
Sie fahren nach oben, ein Konferenzraum, blauer Teppich, weiße Tische formen ein U, die Vorhänge sind zu, vor jedem Platz steht ein Mikrofon, aber das brauchen sie nicht. Omar lässt sich in einen der gefederten Stühle fallen, der Lederbezug ist mit Plastik geschützt.
Noch immer sauer?, fragt Omar, schenkt sich Kaffee ein und fragt Larsen: Für dich auch?
Larsen hätte gerne Kaffee, sagt aber: Nein.
Guck mal, sagt Omar, tut mir leid wegen Leila, ich weiß, du bist wahrscheinlich noch immer enttäuscht. Aber, was soll ich sagen, mein Freund, es ist nun mal so. Wir haben dich be-

schissen, aber sieh es mal so, du hast uns beschissen, jetzt sind wir quitt.
Mit was habe ich euch denn beschissen?, fragt Larsen, mit was?
Omar holt seinen Rechner unter dem Tisch hervor, legt ihn auf den Tisch, klappt ihn auf, öffnet sein Larsen-Archiv.
Hiermit, sagt Omar, und das sogar oft.
Versteh ich nicht, sagt Larsen, ich hab die Redaktionen beschissen, meinetwegen auch die Leser, die Zuschauer…
Und uns, unterbricht ihn Omar, schau dir deine Sachen mal an. Was siehst du?
Material aus Syrien, nur eben nicht so ganz aus Syrien, sagt Larsen.
Falsch, sagt Omar, das ist das Narrativ westlicher Medien. Das ist alles Propaganda, sonst nichts.
So ein Quatsch, sagt Larsen, das sind Fälschungen, kapierst du, das sind Fälschungen oder besser, das sind Kopien der Wahrheit, denn was ich nachgestellt habe, ist ja nichts, was es nicht gibt hier in Syrien, ich habe das davor immer gecheckt.
Guck mal, Larsen, sagt Omar, steht auf, knöpft sein Jackett zu, kommt auf Larsen zu, nimmt den Stuhl vor ihm, dreht ihn einmal, setzt sich verkehrt herum drauf, öffnet das Jackett, legt seine fleischigen Hände über die Lehne, sagt wieder: Guck mal, Larsen, du bist doch nicht blöd. Kommst du mir mit Kopien der Wahrheit, also echt, lass das mal sein. Das Bild, das du zeichnest ist doch ganz klar. Der mutige Freiheitskampf gegen den brutalen Diktator, das sehe ich hier.
Omar dreht sich um, zeigt auf den Rechner am anderen Ende des Tischs. In allen Facetten Kampf, Leid, Flucht, es ist alles da. Du denkst, so sieht die Wahrheit aus, du weißt es nicht besser, die Wahrheit ist, du machst Fälschungen von Fälschungen, du bist voll infiltriert.
Bullshit, sagt Larsen, ich hab meine Quellen, ich fälsche die Wahrheit, mache die Wahrheit nach, bin so exakt es nur geht.
Nix Bullshit, sagt Omar, steht auf, holt seinen Rechner.
Guck mal, ich zeig dir deine Quelle. Er öffnet einen anderen

Ordner, spielt einen Film ab, schnell geschnitten, aber das ist immer wieder Ahmad, so viel ist klar. Erst Interviewpartner bei einer Live-Schalte aus Homs, irgendein arabischer Sender, dann, nächste Einstellung, Ahmad mit totem Kind auf dem Arm, Schnitt, Ahmad schwerverletzt auf einer Bahre, ruft zum Kampf auf gegen den Diktator, er sagt Giraffe, das versteht Larsen sogar. Nur zwei Tage später, Ahmad, ein mutiger Berichterstatter vor einer Pipeline, die brennt. Schnitt, Ahmad im Krankenhaus, schon wieder halbtot, dann wieder schreiend, aber gesund, vor einem Mann auf einer Bahre, Schnitt, Ahmad mit Kampfgenossen samt Maschinengewehr, danach der Vorlauf einer Live-Schaltung, Ahmad gibt seinen Kumpels Handzeichen, damit sie im Hintergrund schießen, während er spricht. Der Film läuft noch weiter, aber Omar bricht ab.
Deine Quelle, sagt Omar, dein unschuldiger, freiheitsliebender Syrer, ich würde sagen, der ist ein Terrorist, wenn der hier wäre und nicht in Deutschland, der wäre längst tot.
Aktivist, sagt Larsen, muss fast lachen, denkt Ahmad, mein Freund, das Zeug war richtig gut.
Ahmad ist Aktivist, der steht auf der richtigen Seite, du nicht.
Larsen nimmt den Rechner von Omar, fragt: Darf ich mal?, wartet erst gar nicht auf Antwort, geht auf Youtube. Den Film kennt er von Ahmad, klickt auf den Link, syrisches Staatsfernsehen, sieht aus wie Taktik-Analyse im Fußball über Lionel Messi, ein Diagramm seiner Laufwege, nur, dass der Moderator keinen Matchplan erklärt, sondern die Truppenbewegungen der Freien Syrischen Armee, angeblich ein Code des Mossad, der Messi als Überbringer geheimer Nachrichten benutzt.
Ist ja gut, sagt Omar, den haben wir gefeuert. Aber was willst du damit?
Erzähl du mir nichts von Wahrheit, sagt Larsen. Ich kenn euer Zeug, immer diese glorifizierende Marschmusik im Hintergrund, Nordkorea oder was? Ich kenn die Geschichten, Aktivisten den Facebook-Account wegnehmen, sie ein bisschen fol-

tern, das ist wahrscheinlich gar nicht so schwer. Wollt ihr das mit mir machen?
Ach Larsen, sagt Omar, guck mal, ich habe in Freiburg studiert. Ich mag dich, ich mag deine Arbeit, ich bin Humanist. Ich will dir einen Handel vorschlagen, das ist schon alles, mehr nicht.
Vergiss es, sagt Larsen, steht auf, holt sich einen Kaffee, jetzt will er ihn doch.
Guck mal, sagt Omar, bietet Larsen eine Zigarette an, auch die nimmt er gern. Es gibt zwei Optionen, die sind echt einfach. Die erste ist, ich mach dich fertig, da brauch ich nicht zu foltern, es ist viel einfacher, ich stell all dein Zeug auf Youtube, pack Untertitel drunter, entlarve die Fälschungen, das ist ein Klick und du bist für alle Zeit durch. Option zwei, ich rette deinen Arsch, mache dich reich und berühmt.
Jetzt übertreibe mal nicht, sagt Larsen.
Mensch Peter, sagt Omar, du kennst doch das Geschäft, nichts macht dich größer als Krieg. Wo wäre CNN ohne den Golfkrieg, wo Al-Jazeera ohne Afghanistan, wo der neue Typ an der Spitze eures zionistischen Revolverblattes, wo Reuters ohne einen einzigen Krieg?
Warum ich?, fragt Larsen.
Naja, sagt Omar, wir hatten neulich so eine hübsche Südamerikanerin, die war gut, hat nur echt niemanden interessiert.
Auch eine Kanadierin hatten wir schon, die sprach sogar bei der UN. War alles Scheiße. Du bist besser, du bist eine eigene Marke und standest bislang auf der anderen Seite, dir wird man glauben, deswegen, so einfach ist das.
Das glaube ich nicht, sagt Larsen, drückt siegesgewiss die Kippe aus, ich bin längst nicht mehr der, für den du mich hältst.
Doch doch, sagt Omar, schiebt den Aschenbecher mit der qualmenden Zigarette an das andere Ende des Tischs.
Ich bin aufgeflogen, kurz bevor ihr …, na du weißt schon, kurz vor Beirut.
Ach, Larsen, du unterschätzt uns, sagt Omar, wischt über sein

Handy, zeigt Larsen den Newsfeed von Al-Jazeera. Breaking News: ISIS-speaker still alive. Death was False News.
Das war nicht einfach, sagt Omar, aber du bist voll zurück in dem Spiel.
Und wenn ich trotzdem nicht will?
Drücke ich Enter, sagt Omar und öffnet den Entwurf einer Mail, im Betreff: Achtung Fälschung! Material Peter Larsen!
Hab ich Bedenkzeit?, fragt Larsen.
Omar sagt: Nein!

VIER

Der Feind ist wütend und das völlig zu Recht. Peter Larsen, hätte man ihn gefragt, hätte das naturgemäß ganz anders gesehen. Aber Scheiß auf Larsen. Es erwischt ihn und auch das völlig zu Recht. All sein selbstbezogenes Dasein, sein beschissenes voll optimiertes Ich, penibel darauf getrimmt, über andere zu berichten, sackt mit der Kugel, die ihn trifft, in sich zusammen und wenn man ganz genau hinhört, ist da leise, aber auch deutlich, dieses auslaufende PFFFFFFFTT! Was keiner ahnt: Es geht weiter, selbst für einen wie ihn.

1

Einfach losarbeiten, im Hintergrund die Maschinerie des Regimes. Sieh es mal von dem Standpunkt, hatte Omar gesagt, unter so professionellen Voraussetzungen arbeiten, wo gibt es das schon? Storytelling mit Snapchat Discovery, Facebook live, Periscope rauf und runter, wir spielen die ganze Klaviatur, so was läuft dir doch rein. Vergiss Ahmad, wir haben eine Armee von Helfern, bauen jede erdenkliche Szenerie. Du willst Krieg? Wir geben dir Krieg. Du willst Frieden? Kein Ding. Ein Interview mit dem Präsidenten? Mit Al-Nusra an die Front? Embedded mit der Opposition oder mit uns? Larsen, such es dir aus. Wir scheißen dich zu mit Bildern und Fakten, spielen alles auf drei bis vier unterschiedlichen Kanälen, Larsen, wenn du nach Hause kommst, ich garantiere dir, du bist ein Star, das ist doch genau, was du willst. Wir beide, wir drehen jetzt das ganz große Ding. Was brauchst du? Wir geben es dir. Komm Larsen, schlag ein, hier ist die Hand.

2

Das Leben, das Larsen von nun an lebt, man kann es nicht anders sagen, ist schön. Allein die Rückfahrt ins Hotel, diesmal im gepanzerten Benz. Larsen darf rauchen, das sowieso, Larsen hat ein neues Handy, klar gehackt, aber online, das immerhin. Und dann das Hotel. Jo, Alter, denkt Larsen, so muss das sein. Fünf Sterne und an der Rezeption erwarten sie mich. Willkommen, Herr Larsen! Was wünschen Sie, Herr Larsen? Darf's noch was sein? Ihr Zimmer ist fertig, kommen Sie mit.

In der Eingangshalle ein Brunnen mit schwarz-weißem Mosaik, kunstvoll verziert. Vor allem anderen, bevor es aufs Zimmer geht, sagt Larsen: Ich hätte gern ein Bier, schmeißt sich in einen der runden Sessel mit orientalischem Flair. Über ihm ein Kronleuchter, Kristall, was denn sonst? Er legt den Kopf in den Nacken, den Hals der Flasche an den Lippen.

Ein Glas?, fragt der Kellner.

Nein, danke! Ich trink das gleich so.

Pro Stockwerk ein Rundgang, an der Brüstung Beete, Grünzeug wuchert über den weiß gestrichenen Beton nach unten, das macht sich ganz gut, ein Garten Eden samt plätschernden Brunnen, Larsen bestellt nochmal eins.

Ihr Gepäck ist schon oben, sagt der Kellner, legt den Schlüssel neben das Bier.

Ich hätte gern ein Clubsandwich, sagt Larsen, aber nur Speck, bitte kein Hühnchen.

Selbstverständlich, mein Herr.

Aufs Zimmer, ruft Larsen, das Bier ex und hopp.

3

Omar hat viel versprochen und er hält es sogar. Als Larsen am nächsten Tag anfängt, erwartet ihn in dem gläsernen Gebäude ein Team. Ein Mann für die Kamera, einer für den Ton, einer für den Schnitt, ein anderer für die Koordination.
Dein Mädchen für alles, sagt Omar und grinst.
Stop!, sagt Larsen, schickt alle, bis auf Omar, chefmäßig raus.
Setz dich, sagt Larsen zu Omar, bestimmt, freundlich und voll von sich selbst.
Larsen denkt, er hat Oberwasser, er redet schnell, er fuchtelt mit den Händen, ist voll auf Sendung.
Wir machen kein Fernsehen, sagt Larsen, das ist viel zu glatt, verstehst du, es muss nach Larsen aussehen. Ich bin eine Marke, ich habe meinen Stil. Pass auf, ich sag dir jetzt, was ich so brauch und damit eines gleich klar ist: Hier arbeite ich nicht, das engt mich nur ein. Mein Büro ist mein Hotelzimmer, wenn es sein muss, dann buch mir 'ne Suite. Ich brauch einen Rechner, am besten meinen, einen Fixer, das kann der Typ von eben sein, das Mädchen für alles, Hauptsache einer, der macht, was ich sag. Ach so, natürlich, der muss wissen, was eine Geschichte ist und was nicht. Jeden Morgen brauch ich ein Briefing, das geht auch per Mail. Was ist wichtig? Was sind die Nachrichten des Tages, was die Top-News? Ich brauch reale Anker, verstehst du, nix Ali Baba, ein bisschen Fakten, ein Hauch von Wahrheit, das muss schon sein. So funktioniert das, so funktionierte das schon immer. Weißt du noch, der Radio-Reporter aus Swasiland, der 2003 angeblich aus Bagdad berichtete, aber zu Hause saß? Oder noch früher, Ende des 19. Jahrhunderts, Albert Smith und seine Fake-Filme aus Kuba? Ich habe meine Hausaufgaben gemacht, das kannst du mir glauben, aber du musst mir was geben, ich brauch Material. Sag mal, hast du 'ne Kippe? Danke, dann gib mal her. Feuer? Shukran, dann mal los. Was steht heute an?

Elias!, ruft Omar und der, den er das Mädchen für alles genannt hat, tanzt an, in der Hand ein Stapel Papier.
Hier, sagt Omar, reicht Larsen die Meldungen.
Larsen breitet die Ausdrucke nebeneinander auf dem Tisch vor sich aus. Nimmt das erste DIN-A4-Blatt in die Hand und liest laut:
Sechs Tote bei einer Terror-Attacke. Zu kompliziert!, knüllt die Meldung zusammen, nimmt die nächste, zückt seinen Kugelschreiber, liest: Armee-Helikopter versorgt von Terroristen besetzte Gegend mit Medikamenten. Ja, das könnte gehen, brauchen wir halt einen Hubschrauber. Larsen schaut Omar an, der schon weiß, was jetzt kommt. Mit einem schwungvollen Strich von links unten nach rechts oben streicht Larsen die Meldung durch.
Neuntes Frauen- und Familienfestival. Also komm, ich bitte dich.
Neue Anti-Polio-Impfkampagne soll 2,8 Millionen Kinder erreichen, liest Larsen und ruft in die Runde: Das ist es, das ist unser Anfang, ich sag's dir, Omar, Kinder gehen immer, das wird schön emotional, brauchen wir ein paar Gören, eine Spritze, einen weißen Kittel, mehr nicht, kann ich auch gleich noch posten, von wegen Dankbarkeit, großartige syrische Ärzte und so, verstehst du, muss man doch erklären, warum ich nur noch auf Sparflamme gepostet hab, und wenn, dann den Quatsch, den ihr mir diktiert habt. Sagen wir, ich war offiziell ein klein wenig krank. Magen, Grippe, so was in der Art. Ha, so machen wir das, hol mal das Mädchen, diesen Elias wieder rein, der soll mal zeigen, ob er das kann. Wir brauchen Kinder, die müssen gesund ausschauen, verstehst du, keine dicken Backen, kleine, süße Kinder, am besten Mädchen mit Zöpfen, in einer Schule, das wär auch nicht so schlecht. Auf geht's, Omar, guck nicht so, damit fangen wir an.

4

Larsen macht Lärm, das kann er ganz gut. Im Vergessen ist er sogar noch besser, die Demut, die Erinnerung an den Keller ist weg. Es wird Frühling in Damaskus, Larsen hat, was er will. Jeden Tag 100 neue Follower auf Twitter, Applaus von allen Seiten, nur die Opposition beschimpft ihn wie wild. Selbst Silke hat sich entschuldigt, ein paar Zeilen nur, immerhin.
Peter, es tut mir leid, das Interview, Du bei mir zu Hause, ich hätte Dir vertrauen sollen, es tut mir sehr leid.
Kein Ding, schreibt Larsen, ich kann das verstehen.
Er hätte gern HILFE! geschrieben oder auch SOS! Aber es gibt da Probleme und eins ist er selbst. Er ist endlich im Zentrum, jeder Wunsch ist Befehl. Er reist erster Klasse und ist voll im Krieg. Befreiung von Aleppo, Kampf um das letzte Viertel in Homs, kurz bevor es vorbei ist, ist Larsen schon da. Er ist der Igel, sendet News vor allen anderen und wird nicht nur in Deutschland ein Star.
Battle of Homs, Peace in Aleppo, die Untertitel, kurz das Handy raus, mit dem Zeigefinger ein Knöpfchen drücken, schon sieht die Welt live seine Erfolge oder je nach Blickpunkt den Sieg des Regimes. Ruinen, brennende Autos, zerbombte Häuser, manchmal schickt Omar einen jubelnden Menschen durchs Bild. Danach, am Abend, im gepanzerten Konvoi zurück ins Hotel. Ein paar Bahnen im Pool, danach Abendessen, meist alleine, und wenn er will, eine Frau.
Ich bin ein Arschloch, denkt Larsen, aber das denkt er leider nicht oft.
Was aus Maher, Ahmads Cousin in Damaskus, geworden ist, denkt Larsen, ich will es nicht wissen. Obwohl, eigentlich schon, müsste mal ein gutes Wort für ihn einlegen, falls er noch lebt. Auf Larsens Facebook-Account, den Maher so lang pflegte, taucht er nie wieder auf. Aber solche Gedanken sind selten, und wenn, dann öffnet Larsen ganz schnell ein Bier, die Reflexe sind die gleichen wie immer, das ist chronisch, aber hilft nix.

Bei dem, was Larsen so wegdrückt, ist es ein Wunder, dass er nicht platzt.
Er würde gern Ahmad anrufen, ihm alles erzählen. Aber der, denkt Larsen, bekommt eh alles mit. Der muss mich hassen, okay, ich verrate mich, das ist nicht schlimm, aber ich verrate auch Ahmad und da kräht noch nicht mal ein Hahn.
An den Abenden alleine und ohne Bier, zugegeben, die gibt es nicht oft, würde er ihm gern schreiben, eine kleine Nachricht nur, irgendwas, aber als Omar ihm seinen Rechner zurückgab, zwei Handbewegungen nur, einmal Zeige- und Mittelfinger Richtung Augen, die andere, flache Hand am Hals entlang. Larsen, ich sag es nur einmal, du weißt, was ich meine.
Es dauert ein paar Wochen, aber dann hat Larsen tatsächlich eine geheime Agenda. Meine digitale Lebensversicherung, denkt Larsen, packt jeden Abend das Material auf seinen einzigen Stick.
Ich habe ihn verloren, hat er zu Omar gesagt.
In Wahrheit steckt er, in drei Kondome gewickelt, tief in ihm drin.

5

Unklar ist, woher die Schüsse kommen und woher der Rauch. Wer kämpft hier eigentlich grad gegen wen? Auch egal, Hauptsache Larsen hat seinen Helm, vorne drauf dick und fett fünf Buchstaben: PRESS. Sturmtruppe Propaganda macht weiter, das Telefon, das unaufhörlich Daten sendet, ein Tapferkeitsbeweis für die Welt. Seht alle her, hier Larsen, bedingungslose Wahrheit, sonst nichts. So wie damals, Kuwait: Sie nahmen Babys aus den Inkubatoren und ließen sie auf dem Boden sterben. Überhaupt ist der Irak ein kostbarer Fundus, gelogen wurde schon immer, aber richtig gut erst gegen Saddam.
Niemand will Krieg führen, also macht man den Leuten was vor. Erwartungshaltung, das offizielle Bild, darauf sind doch

alle brav konditioniert. Aber Scheiß auf den Nutzer, Mülltrennung in den Kommentarspalten, das wäre mal was. Das Gefälschte hat immer mehr Klicks als die Aufklärung darüber. Knackige inhaltliche Fragestellungen und die Antwort gleich mit. Eine Studie sagt: Nutzer von Twitter und Facebook fühlen sich weniger einsam. Die darf man doch nicht alleine lassen, denkt Larsen, da muss man was tun.
Wahnsinn, denkt Larsen, kann das bitte mal jemand ausschalten! Es scheitert nie daran, dass etwas konzeptionell schlecht ist, es scheitert daran, dass etwas schlecht implementiert ist, so wie der heutige Dreh im Filmstudio, bislang der dümmste Vorschlag von Omar, aber Larsen macht längst fast jeden Quatsch mit.
Stop it, stop, ruft Larsen, denkt, schlimm genug, hier im Plastik-Geballer zu stehen, und dann hört man vom Studio nebenan auf einmal Klaviermusik, Fahrstuhl-Style, leises Geklimper, Richard Clayderman, ganz sicher, könnte auch Franz Lambert an der Wersi-Orgel sein, aber den kennt hier ja keiner.
Mann, das hört mach doch!, brüllt Larsen, mach den Scheiß aus, Omar! Ich hab doch gleich gesagt, das mit dem Studio ist eine unfassbar dämliche Idee. Hier kann man eine Seifen-Oper drehen, aber niemals einen ordentlichen Krieg, wir brechen jetzt ab.
Einmal dreht sich Larsen noch, 360-Grad-Schwenk, filmt Leinwände, Studiobauten, Kameras auf Stativen, Statisten und so. Klar, Virtual Reality im Journalismus, Brille auf und dank 3D mittendrin, das wird der nächste, ganz heiße Scheiß, Potenziale erkennen und verstehen, das kann Larsen wirklich gut. Sein Zeigefinger verdeckt das Aufnahmelämpchen, er dreht inkognito, das immerhin, ist ein uralter Trick.

6

Der Schlaf kommt noch immer nicht, im Gegenteil, der Puls wird immer schneller, Larsen denkt, ich lebe, immer noch, ich werde nicht sterben, ich halte durch, ich bin lebendig, noch voll am Start, nur diese menschliche Komponente, Voice over im Hirn, Bandsalat, random choice, Silencio Amore, bitte, s'il vous plaît, please, stop it. Neustart, uff, endlich, Ruhe. So viel Ablenkung geht gar nicht, dass Larsen, abends allein auf dem Zimmer, Luxus-Suite hin oder her, nicht denkt: Ich kann nicht mehr, ich will nicht mehr, ich muss hier schnell raus.
Nach dem Fiasko im Studio, seit zwei Wochen wieder alle Drehs draußen. Immer neue Variationen, den Wettbewerbsvorteil nutzend, Face to face die Sache auf den Boden bekommen. Diese Scheiß-Weißhelme, hat Omar gesagt, die machen wir fertig.
Jeden Tag werden Larsen seitdem neue Laiendarsteller zugeführt, immer weiß behelmt, immer in die gleiche schwarze Uniform gesteckt und Larsen muss filmen, wie sie angeblich Verletzte in Trümmern sterben lassen, selbst an vermeintlich sterbenden Kindern gehen sie vorbei, suchen sich das schönste Opfer aus, fragen in die Kamera:
Der soll es sein?
Dann warten sie auf Antwort von Larsen, rauchen erst mal eine und fragen: Ist die Einstellung gut?
Erst dann beginnen die Weißhelme zu graben, und falls das Opfer nicht verletzt genug ist, dann hauen sie halt nochmal drauf.
Lass das, hat Larsen am Anfang gebrüllt, das ist doch too much.
Halt die Fresse, hat Omar gesagt, du drehst, was ich sag.
Und überall in der Luft dieser graue Staub, ein Weichzeichner, lässt den Hintergrund verschwinden, was bleibt, ist das Bild eines heiligen Helfers, der nur hilft, weil die Kamera läuft.
No my friend, they are prophets on earth, hat Ahmad gesagt, damals, als alles noch gut war, bei ein, zwei Bier in Berlin. Don't touch them, hatte Ahmad gesagt, und damit war die Idee,

die Heldentaten der Weißhelme nachzustellen, vom Tisch. Kurz hatte Larsen damals gedacht, schade, das hätte sich sicher verkauft, aber die Wut, das Entsetzen in Ahmads Gesicht machte klar: Es gibt rote Linien, No-Gos, da geht nix und Larsen sagte: Ja, ja, ist ja gut!

Und jetzt vernichtet er Ahmads Propheten, jeden Tag ein neues Video, jeden Tag ein neues verfilmtes Gerücht, von bezahlten Schergen in Larsens Drehbücher diktiert. Die Weißhelme bestehlen die Opfer, sie vergewaltigen Frauen, sie retten nur nach Bezahlung, sie plündern und was Omar noch so einfällt, um den Mythos der Weißhelme zu besudeln und das Bild zu korrigieren.

Die Zukunft, sagt Omar, kann man gestalten und die Vergangenheit auch.

Hoffentlich, denkt Larsen, sieht Ahmad das nie, und weiß, doch, er sieht alles, er muss mich hassen, wenn er nur wüsste. So wälzt sich Larsen im Bett. Ich brauche eine Exit-Strategie, denkt Larsen, manchmal denk ich, es wäre besser, ich wäre schon tot, legt sich auf den Rücken, spürt den Stick tief im Hintern, noch ein paar Tage, denkt Larsen, dann muss alles raus.

7

Zusammenrücken, die nationale Einheit sichern, darum geht es jetzt, sagt Omar, und für Larsen ist das erst mal so was wie Glück. Mag das Regime im Rest des Landes Erfolge feiern, das Grollen von den braunen Hügeln um Damaskus rückt näher und alle paar Tage macht es auch hier in der Stadt ganz laut BUMM. Je dröhnender, je näher die Einschläge rücken, umso mehr Ruhe hat Larsen vor Omar.

Zusammenrücken, die nationale Einheit sichern, ist erst mal ein lokales Problem. Die eigenen Leute auf Linie bringen, die Gefahr kleinreden, angebliche Terroristen verhaften, die öffentliche Sicherheit wiederherstellen, darum geht es. Stärke zeigen,

der Präsident spricht, sagt dies und sagt das, Bilder von Straßenfesten, dann der Wetterbericht, so als wäre gar nichts passiert. Da braucht es keinen Larsen, der hat erst mal frei, muss den Computer abgeben und das Telefon auch.
Als Aufpasser schickt Omar Leila, ausgerechnet, seit seiner Ankunft in Damaskus hat Larsen sie nicht mehr gesehen.
Komm, sagt sie zu Larsen, wir gehen vor die Tür.
Ich will nicht, sagt Larsen.
Aber Leila sagt: Doch!
Sie schlendern und Leila hält Larsen die Hand. Es fühlt sich gut an, doch Larsen zieht die Hand zurück. Nicht noch mal einen Neuanfang wagen, nein danke, denkt Larsen, da mach ich nicht mit, und Leila lacht, als wäre nie was geschehen.
Was willst du machen, Peter? Hast du Hunger? Komm, ich zeig dir die Stadt.
Er geht mit ihr, sie essen Eis, sie trinken Kaffee, setzen sich unter eine Palme in die wärmer werdende Sonne, man könnte meinen, die beiden wären ein Paar. Larsen schaut Leila an, sie schaut ihn an und Larsen rückt an sie ran, rückt gleich wieder weg.
Lass uns spazieren gehen, sagt er.
Nur mit ihr sitzen, nur so die Zeit verstreichen lassen, sie neben ihm und dann machen, was Männer so machen, das geht einfach nicht.
Du wirkst immer so, wie auf einem Run, sagt Leila.
Man sagt, auf dem Sprung, sagt Larsen.
Sie gehen an einer vierspurigen Straße entlang und Larsen erinnert sich an den Schülerreporter, an seine Antwort auf die Frage, wie das so ist: Auf dem Sprung. Auf seinen Reisen, immer wieder, hat er Menschen getroffen, die nicht wissen, was aus ihnen wird, die nur Hoffnungen haben, Gewissheit niemals. Ich bin einer von ihnen, ich fühle mich ihnen nah. Ich bin keiner dieser emphatischen Kollegen, die sich für ihr Mitgefühl feiern lassen, wohlgeformte Worte, voller Wärme für den Wahnsinn, das Elend und zu Hause warten die Altersfürsorge und die Fa-

milie, und wenn es Probleme gibt, dann zückt so einer den Pass. Ich bin anders, weiß nur nicht wie. Aber erklär das mal Leila, denkt Larsen und fragt im Gehen:
Wolltest du damals eigentlich wirklich nach Deutschland?
Ja natürlich, sagt Leila, das wollen alle, aber das was man will, bekommt man selten, erst recht seit dem Krieg.
Warum hast du mich dann belogen? Ist es wegen Omar? Hat er dich in der Hand?
Sorry, Peter, aber das geht dich nichts an.
Und ob mich das was angeht, sagt Larsen, ohne dich wäre ich nicht hier.
Dann hätten sie andere Wege gefunden, dich zu holen, glaub mir, Omar weiß wie. Ich will jetzt nicht reden, vielleicht später, okay?
Eine Frage noch, sagt Larsen. Was ist mit Deutschland? Sollen wir da hin?
Leila, neben ihm, drückt die Zehenspitzen durch, reckt sich zu ihm, küsst ihn auf die Wange und sagt: Peter, you are so sweet!
Warum denn nicht?, fragt Larsen, ich brauch nur dein Telefon, ich muss nur Ahmad anrufen und alles wird gut.
Fuck you, fuck Ahmad!, sagt Leila. Hätte der nicht angefangen zu kämpfen, wäre unserer Familie nie was passiert.
Sie wirft sich Larsen um den Hals, dreht sich mit ihm einmal im Kreis und flüstert:
Hast du die zwei da hinten gesehen?
Und noch während sie sich drehen, flüstert Larsen ein einfaches: Nein.
Schau genauer, sagt Leila, und dreht sich mit Larsen noch mal, und tatsächlich, in fünfzig Meter Entfernung, zwei Aufpasser, setzen sich gerade auf eine Bank, und Leila flüstert:
Es ist nicht alles so, wie du denkst.
Wie meinst du das?, will Larsen fragen, doch genau in diesem Moment schlägt irgendein Terror voll zu und es macht Buuummmmsssss, wirft Larsen, Leila als Schutzschild vor

sich, rückwärts gegen die Friedhofsmauer hinter ihnen, die gerade noch fahrende Autobombe brennt aus, Leila in seinen Armen ist tot, einfach so.

8

Blutspuren am Boden, Larsen rennt los. Bamm, bamm, bamm, hinter ihm Schüsse, ihm gelten sie nicht, weit weg vom Zielgebiet, hier war doch nie was umkämpft, Zivilist oder Kämpfer, es ist scheißegal, du musst rennen, es ist das Einzige, was zählt, vor ihm das Plakat eines Märtyrers, Mann war der doof, du musst rennen, denkt Larsen, blutüberströmt, du musst rennen, du musst hier weit weg.
Stay down, stay fucking down, go, go!
Leichen auf den Straßen, aber Larsen rennt, zieht den Kopf ein, es sterben Menschen, echte Menschen, Feind von rechts, Feind von links, Feind von hinten, nur nicht von vorn, also läuft Larsen, läuft, nur noch ein paar Meter, der Bereich vor ihm ist gesichert. Larsen von oben bis unten mit Leilas Blut voll.
Wie ist die Lage am Boden? Keine Ahnung, aber Larsen voll mittendrin, rennt rechts, rennt links, ein unsichtbares Einsatzziel ohne Ortung, ist gegen gar nichts gerüstet, in der Mittagssonne schien alles friedlich, immerhin, nicht jeder Schuss sitzt. Ab jetzt muss mit Angriffen gerechnet werden, voll auf den Krieg konzentriert, Larsen rennt und rennt, hat nur das, was er am Leib trägt, und das ist voll Blut, sieht da hinten einen Mann am Telefon, reißt es ihm aus der Hand, das Display voller Blut, scheißegal, Larsen rennt, immer weiter, wer soll sich jetzt noch kümmern? Seitenstechen, lauf Larsen, lauf, da vorne eine Ecke. Er kauert sich rein, schnauft seinen Namen, aber nur kurz, zittrige Hände, am anderen Ende der Leitung Ahmad und Larsen stöhnt nur ein Wort: Help!
Dann sprechen sie ein wenig, hektisch, kurz, das Visier offen und am Ende sagt Ahmad: I could kill you, my friend!

9

Das war nicht gut, sagt Omar. Larsen, das war nicht gut. In der Hand ein Papier. Du hast Ahmad, du hast die Terroristen kontaktiert, wer soll sich jetzt noch um dich kümmern? Ich sicher nicht.
Du täuschst dich, sagt Larsen, Ahmad hat mit mir gebrochen. Er trinkt gleich noch ein Bier, damit das Zittern endlich aufhört, doch auch das hilft jetzt nicht. Larsen hat alles verloren. Leila, wahrscheinlich auch Ahmad, die Zuversicht, nur in seinem Hintern zuckt noch der Stick. Es muss doch ein Leben geben, nur hier ist es nicht. Alle haben Angst und Larsen jetzt auch. Das Spiel ist aus, keine Kräfte, die Ordnung schaffen, es ist alles am Arsch, die tödlichen Waffen wurden klargemacht und erstmals ist Larsen mittendrin, das trifft bis ins Mark. Chaos, Gewalt, von wegen coole Professionalität im Kampf gegen den Terror. Keine Kräfte, die Ordnung schaffen, nur Kollateralschäden, und der größte ist Larsen, schon viel zu lange ab vom Weg.
Und jetzt?, fragt Omar, was soll ich mit dir machen? Wie soll ich dich jetzt noch beschützen?
Ich habe keine Angst mehr, sagt Larsen, mach was du willst.
Larsen, Larsen, sagt Omar, und ich habe schon fast gedacht, du wärst ein Freund.
Ich scheiß auf dich, sagt Larsen, ich scheiß auf euren beschissenen Krieg, es muss doch ein Leben geben, aber hier gibt es nichts.

10

Larsen ist nutzlos für Omar, für sich, für alle anderen, und er bewegt sich wie wild. Zwei Wochen geht das so, draußen, irgendwo im Osten, stehen Bombardements auf dem Dienstplan, das Zielgebiet ist gleich um die Ecke, nur in Larsens Hotel plätschert der Brunnen, als wäre überhaupt nichts passiert. Larsen

ist jetzt Geisel, er darf sich frei bewegen, aber nur im Hotel. Er hat kein Handy, kein Internet, selbst die internationalen Fernsehsender sind weg.
Larsen zieht seine Bahnen im Pool, läuft auf dem Laufband, jeden Tag, bis er keucht, bewegt sich, stemmt Gewichte, springt Seil, sonst wird er verrückt. Er kann kaum noch schlafen, er raucht wie ein Schlot. Er weiß keinen Ausweg mehr. Ab jetzt, denkt Larsen, muss ich mit allem rechnen, wäre nur schön zu wissen, mit was. Die müssen Schluss machen, ich muss Schluss machen, in der Mittagssonne scheint alles friedlich. Die warten auf die Feuerfreigabe, Larsen, mit jeder Pore voll auf Krieg konditioniert, geht zum Portier, schreibt Omar eine Nachricht. Ich will an die Front!

11

Drei Tage muss er warten, dann kommt Omar, in Uniform jetzt und die ist tarngrün.
Was willst du?, fragt Omar.
Ich will kämpfen, sagt Larsen, ist mir egal gegen wen.
Vielleicht ist das die Lösung, sagt Omar, aber deine Waffe ist das hier. Er schiebt Larsen eine Kamera rüber und sagt: Morgen früh geht es los.
Der Bus hält mitten in einer dieser gelb-gräulichen Landschaften, die schmecken wie vertrocknetes Brot. Larsen wird von einem Kommandanten der Armee in Empfang genommen, die anderen Insassen des Busses, frisch rasierte, neu ausgestattete Jünglinge, gerade mal zwanzig, wenn überhaupt, verschwinden in den Schützengräben, hinter Sandsäcken, sofort.
How is Damascus?, fragt der Kommandant.
All fine, sagt Larsen und fragt: What is the plan?
We go in and then: Bang!, sagt der Kommandant und wenn Larsen jetzt darüber schreiben würde, würde er schreiben: Und seine weißen Zähne blitzten mich an.

Where are we?, fragt Larsen.
Jayrud, sagt der Kommandant und zeigt mit dem Finger auf die Umrisse einer Kleinstadt, vielleicht fünf Kilometer entfernt.
No!, brüllt Larsen, wirft die Kamera zu Boden, no, motherfucker, not Jayrud, no!

12

Ich habe mir eine Überraschung für dich ausgedacht, waren Omars letzte Worte heute Morgen gewesen, kurz bevor die Tür des Militärbusses sich schloss, und jetzt ist Larsen klar, was er meinte: Omar, du bist so ein perfides Arschloch!
Larsen, als wäre es gestern, hat die Worte von Ahmad im Ohr, vielleicht ein Jahr ist das her: My friend, can you help?
Und Larsen half. Jede Woche dienstagabends, die Jungs aus Jayrud riefen an. Larsen machte Blattkritik. Journalisten waren das keine, aber Kumpels von Ahmad, das reichte, sie leben seit Jahren in einer kleinen von Rebellen kontrollierten Insel, inmitten des Herrschaftsgebiets des Regimes. Zweimal im Monat drucken sie ein PDF im Copyshop, glaubt ja keiner, dass es dort noch so was gibt. Seitdem jede Woche, Dienstagabend, per Skype Konferenz. Larsen hätte gerne damit angegeben, HALLO, ICH HELFE, immerhin das ließ er sein. Ein Gewinn war es trotzdem. Die Syrer lieferten Larsen Ideen frei Haus, Larsen gab ihrem Heft die Struktur. Was ist diesmal der Aufmacher? (Nicht schon wieder Bomben!) Wo kommen die Kommentare hin? (Am besten, ihr lasst die mal sein.) Welchen Schwerpunkt setzen wir? (Nicht schon wieder Russland.)
Jungs, sagte Larsen, was ihr braucht, sind Geschichten, die sonst keiner hat. Jedes deutsche Käseblatt hat mittlerweile einen Syrer, der Tagebuch schreibt und erzählt, wie scheiße das ist bei euch da unten.
Larsen, what shall we do?

Easy, sagt Larsen: Schreibt vom Leben und Überleben, von dem neuen Spielplatz unter der Erde, schreibt was ihr seht, was ihr erlebt jeden Tag, meinetwegen auch vom Tod und der Angst, aber bleibt bei euch, den großen weltpolitischen Dreck, lasst den weg. Erzählt von Hoffnungen, von Lösungen im Kleinen, die Leser werden es euch danken, glaubt mir, bestimmt!
Okay, Larsen, but how?
Schickt mir die Themen, sagt Larsen, ich find schon den Dreh.
Und so half er jede Woche den Jungs von Jayrud, in all dem Wahnsinn der letzten Jahre, die einzige Konstante mit Sinn, sie brauchten Larsen, aber Larsen brauchte sie noch viel mehr. Nicht wegen der Geschichten, die fand er überall, sondern einfach, damit er sich fühlte wie ein Mensch.

13

Der Kommandeur lässt Larsen fesseln, sie setzen ihn hinter einen Sandsack, denn so langsam beginnt der Beschuss. Um seinen Hals haben sie ihm die Kamera gehängt, die Brille mit dem dicken schwarzen Rahmen hängt schief im Gesicht. Ab und an läuft einer der Jünglinge vorbei, sie lachen und sagen: Hahaha, Press!
Normalerweise ist es immer der Schmerz der anderen, der Larsen beschäftigt. Aber jetzt, wo die Deckung wegbricht, wo Larsen das Opfer ist, ist er natürlich vor allem erst mal allein. Wer soll sich jetzt kümmern? Du dich um dich, es muss doch ein Leben geben und sei es nur deins.
Er sitzt da, kurz vor dem Ende, versucht zu beschreiben, was ist.
Professionalität ist eine Art der Rettung und in Extremsituationen das einzige, was, wenn es gutgeht, sogar manchmal hilft.
Okay. Ich bin Peter Larsen, und ich habe Angst um die Jungs in Jayrud. Ich bin Peter Larsen, ein kleiner Lügner, sonst nix.

Ich bin keiner von denen, die was zu sagen haben und deswegen schreiben. Ich mach mich wichtig, das ist es auch schon. Die Nähe zu den Großen machte mich größer. Die Nähe zum Krieg machte mich wagemutig, die Nähe zu den Schönen machte mich sexy, die Nähe zum Geld suggerierte Reichtum, zähl die Schwächen auf und dann weißt du: Ich, Peter Larsen, bin schwach. Erst das Fälschen machte mich stark. Von einem Tag auf den anderen. Ich bin kein Zweitverwerter mehr. Ich mache Nachrichten, ich mache Geschichten, ich mache die Wahrheit. Das und nichts anderes ist meine Motivation. Und Geld gibt es auch. Ich bin ein Kleinunternehmer, Ahmad, seine Kumpels, Mr Low Budget, Nazi-Jürgen und all die anderen, da hängt doch was dran, genau, ich bin ein Verleger, so sehe ich das.
Zwei Minuten später pisste ein Soldat neben Larsen. Es ist alles eine Frage der Perspektive, und die ändert sich jetzt: Ich bin ein Niemand, um mich kümmert sich keiner, und wenn ich ehrlich bin, ich habe es nicht anders verdient. Scheiß auf das Berufethos, darum geht es nicht, die Niederlage, es so richtig verkackt zu haben, der Verlust von Leila, zu wissen, dass sich keine Sau für mich einsetzen wird, keine Petition, keine Tagesschau und das auch völlig zu Recht, das macht mich fertig und sonst wirklich nichts.

14

Als es dunkel wird, rückt die Division vor, und Larsen, das kann man getrost sagen, ist gleich so embedded wie kein Journalist jemals zuvor. Der Kommandeur kommt von hinten, drei Männer dabei. Sie fesseln seine Füße, die sind ja noch frei. Sie tragen ihn zum Pick-up, den mit dem Geschütz hinten drauf. Larsen binden sie vorne vor den Kühler, erst wehrt er sich noch, versucht zu zucken, sich zu winden, mehr ist nicht drin. Dann zack, ein Schlag mit dem Gewehrkolben, und Larsen ist still. Sie binden ihn quer vor den Kühler, sein Kopf waagerecht auf der Fahrerseite, rechts die Beine stehen über. Die Kamera haben sie ihm in den Schritt geschnallt, das Objektiv, so weit ausgefahren wie möglich, zeigt pervers weit nach vorn.

15

Als Larsen die Luft ausgeht und der Film seines Lebens vor dem inneren Auge laufen sollte, denkt er: Scheiße, Mann, ist das platt, kann mal jemand umschalten, ich will das nicht sehen. Larsen röchelt, drückt seine rechte Hand auf die brennende Stelle, hat nicht genug Kraft sich zu wehren, muss den Scheiß anschauen, ob er will oder nicht. Dabei, denn Glück hat er eigentlich fast immer, beginnt der Stream nicht mal von vorn, noch wird gebuffert, das bunte Rädchen des Todes dreht hohl, dann geht es los und Larsen sieht Ahmad, wie er sich über ihn beugt und sagt: Live, Peter, live, this here is real!

16

Es ist Sommer in Tripolis, und in einem Hotelzimmer sitzt Ahmad Alian, geboren in Sweida, Syrien, Druse, Revoluzzer, Überlebenskünstler, Geschäftsmann, Menschenfreund, wobei die Reihenfolge nichts aussagt, vor einem Rechner, in der Hand einen Stick. Nur einen Moment noch, dann lädt die Datei, darauf alles, was Larsen in Syrien gedreht hat. Eigentlich alles andere als neu, längst veröffentlicht, das ging schon alles viral. Gold ist es trotzdem, oder, wie Larsen sagen würde: Ein Scoop!

Jeweils nur ein paar Sekunden, manchmal auch eine Minute, jeweils vor oder nach den Takes, die Omar, die das Regime so gern gesendet haben, sieht man die Kulissen, die Inszenierung, das ganze Schauspiel mitten im Krieg. Stück für Stück. Ahmad lädt alles hoch, taggt jeden einzelnen File mit Syria, Fake, Regime, Propaganda. Er drückt auf ENTER, klappt den Rechner zu, geht zum Kühlschrank, nimmt sich Bier, steckt es in Socken, damit es am Strand keiner sieht. Er schließt die Tür, in seiner Tasche zwei Flaschen: Eine für Larsen und eine für ihn.